追忆似水流年

罗媛 著

陕西新华出版
太白文艺出版社·西安

图书在版编目（CIP）数据

追忆似水流年 / 罗媛著. -- 西安：太白文艺出版社, 2025. 1. -- ISBN 978-7-5513-2923-1

Ⅰ. I267；I247.7

中国国家版本馆CIP数据核字第2025F1Y678号

追忆似水流年
ZHUIYI SISHUI LIUNIAN

作　　者	罗　媛
责任编辑	党　铫　秦金莹
整体设计	建明文化
出版发行	太白文艺出版社
经　　销	新华书店
印　　刷	西安盛业印务有限公司
开　　本	880mm×1230mm　1/32
字　　数	180千字
印　　张	8.25
版　　次	2025年1月第1版
印　　次	2025年1月第1次印刷
书　　号	ISBN 978-7-5513-2923-1
定　　价	48.00元

版权所有　翻印必究
如有印装质量问题，可寄出版社印制部调换
联系电话：029-81206800
出版社地址：西安市曲江新区登高路1388号（邮编：710061）
营销中心电话：029-87277748　029-87217872

梯 / 田 / 四 / 季

轮回是大自然永恒的主题,却一键生成了无数迥异的晨昏和纷繁的万象,让人类领略千年而意犹未尽。

·早春的清晨是寂静中的耐心守候。

·夏日的田园是仲夏夜之梦斑斓的梦境。

·深秋的旷野是壮观的衰败、素雅的繁华、低调的热闹之景。

·冬日的黄昏是漫山遍野的橘黄色忧伤,是沧桑的雪山和山头苍凉的夕照,是绵长平直的山脉线,是零落地点缀在雪山上的人家,是小村故事多的具象化。

梯田上庄稼万物"一岁一枯荣"的无缝衔接和梯田人家人间喜乐的世代演绎接力形成了独属于这片天地的壮丽画卷。

/ 春和景明 /

梯田上的春和景明

/ 梯田春意浓 /

掩映在梯田花海里的村庄

绰约花影铺就的春日回家路

粉嫩饰苍老

/欣欣向荣的夏日/

绚烂的夏日田野

父亲日记里记录的养了十年的一对驴

巍峨的云海

/ 热火朝天的夏日 /

割　麦

/ 梯田上的"花花世界" /

洋芋花

胡麻花

荞麦花

/雨中的田野和村庄/

秋雨连绵野外寒

烟雾缭绕村庄素

/ 五彩斑斓的秋色 /

盛放的野菊花

掩映在荒草丛中的红山果

秋日里的蝶飞蜂舞

/ 梯田上的秋意阑珊 /

秋花灿烂

层林浸染

/ 归 来 /

路边的秋草

回家路上璀璨的夕阳光影

/ 梯田上的

银装素裹 /

冬日野外无尽的苍凉与萧条

水墨梯田

12

/ 柔和的治愈 /

纯净的蓝天和沧桑的荒野织就了一种柔和的治愈

/ 张灯结彩过年啦 /

门神

大红灯笼高高挂

正月里来是新春

一 / 路 / 向 / 西 / 北

　　人一旦适应了日复一日地按部就班，就对猝不及防到来的短暂假期有种无所适从感，所以每次开始时难免犹豫和产生败兴的想法，但排除万难终于成行的旅游总能留下美好的回忆，成为回归平淡后的日子里反复咀嚼的片段，是生活的调味品，是有意义的。这或许能证明旅行也是一件正经事。

·充满西域风情的国际大巴扎

夜间寒冷的大巴扎街边,有孤零零的卖热气腾腾面肺子的流动摊铺,还有停在阴影处卖结实的打底裤的地摊,当领略到刺骨的寒冷后再看到别人貂皮大衣上毛茸茸的大领子时瞬间不觉得累赘了,只剩下满满的温暖。

·塞上老街

一个与梦境重逢的地方,让人可以在现实中清醒地端详梦境。

·黄河边上的夜生活

黄河边上喝"黄河"。

昏黄稀薄的夕阳光辉从高远处一泻千里,照在辽阔荒凉的河堤上和浩浩汤汤、横无际涯的黄河泥水间。这一幅苍凉的夕照图仿佛有种不真实感,它如古老陌生的历史,又如似曾相识的昨日。在这样的情景里现实和回忆、过去和现在被混为一谈。

野鸭子群在打着转的泥水涡里奔腾冲突,映着阑珊的夕阳余晖,它们身后的江面也有了波光粼粼、水光潋滟的意味。

这时与三五好友吹着缕缕掠过江面带着丝丝水汽的夜风、看着流光溢彩的江景,在黄河边上喝"黄河"、吃烧烤,直至尽兴而归。

精雕细琢的华丽

充满西域风情的商品

国际大巴扎

17

〈与梦相逢〉

塞上老街

敕勒川草原的夜色

18

浩浩汤汤的黄河泥水

黄河边上喝"黄河"

\ 黄河边上的夜生活 \

〈山水又一程〉

斜阳下不舍的背影

充满欧式风情的龙谕酒庄

目 录

散 / 文 / 篇

那些似曾相识的联想	003
六一儿童节感怀	008
初夏月夜相思情	010
家是什么	012
正月里的集体狂欢——看戏	017
狂风大作的冬日午夜	027
乡村集市	029
山村冬雪	037
深秋的依恋	040
挖小蒜	043
伤心雨	046

毕业骊歌	050
山野之春	053
要加快脚步努力	056
山谷里的夏日风情	058
回头是岸	061
午夜说晚安	064
相见不如怀念	067
致青春	069
对这土地爱得深沉	072
离家难	075
长恨歌	078
冬　扰	080
秋日诱惑	084
随　感	086
"乌托邦"里的众生相	093
紧急突围	097
秋天的怀念	100
收　麦	106

小 / 说 / 篇

追忆似水流年	119
疑无路	180
前半生	211

散文篇

那些似曾相识的联想

影子最治愈人心

明媚的春日阳光照进中午还关门闭窗的出租屋里,在凌乱的物件和空间的边角料上投下清晰而逼真的玻璃门窗的影子。

这一幕让人想起了家里的春日早晨。阳光没有丝毫阻碍地从万里长空倾泻而下,泼到平坦、干净的水泥院里,院里顿时有了魁梧的香椿树的树影。初春时节,树上还没有一片绿叶来点缀,光溜溜的,弯弯扭扭的树枝投下密密麻麻的树影,时光就在这许久无丝毫变化的情景里匆匆流逝。到正午时,院里的树影没有了,阳面房屋的影子在房檐的台阶下变得越来越宽大。

木大门的形状和中间笔直的门缝投射在水泥院中央,显得庄重方正。

向阳的一排新房一律用平滑细腻的白砖砌成清新的墙

面，门上浅粉色的薄镂空门帘随微风轻起徐落。起起落落间，尽显农家小院的素雅幽静。

下午，在炕上热迷糊了的午睡的人们醒来后赶紧来到房檐下，坐在小板凳上或直接坐在房檐下的水泥台阶上又或者坐在大门洞的阴凉里乘凉。看着另一半被太阳晒得发烫的水泥院和暴露在阳光下的阴面房屋，以及靠着院墙立着的农具，有一种隔岸观火有恃无恐的安全感，便更加恣意地享受阴凉里的清静。

那些司空见惯的情景和时光在一个远离当初发生的时空里被怀念，就如同午夜梦回时的梦境般缥缈恍惚。画面里的人物没有声音，举止神情一如昨日般鲜活真切，但任凭你怎样急切地呼喊他们，他们都无动于衷，不会搭理你。曾经再熟悉不过的情景终有一日会和所有往事一样，只能在梦里怀念，现实中却遥不可及。

阔别数载、让人魂牵梦萦的江南梦

让人情不自禁怀念的还有在江南水乡度过的校园时光。人在怀念和现实有云泥之别的遥远的过去时总显得力不从心，每每竭尽全力却屡屡无济于事。明明近在咫尺却又遥不可及，明明活灵活现、深刻逼真，却又虚无缥缈，可望而不可即。

夏日傍晚，炎热退去，女生宿舍楼里有不停进进出出的同学，楼下的草坪边有许多穿着白裙子白T恤，衣着清新的女生，她们要么低着头专心致志地打电话，要么时不时望向朋友的宿舍，一门心思地等楼上的朋友。穿过宿舍楼隔着的半片草坪，再沿着一条红砖路直走就是食堂。紧挨着食堂的ATM机被高树上垂下来的繁厚浓绿的枝叶所掩盖。

晚上在图书馆一直待到闭馆才出来，这时早过了饭点，但食堂里依然有亮灯的窗口，依然有吃饭的地方。此时偌大的食堂里安安静静，昏暗的灯光下，稀稀拉拉地坐着几个人，低着头，各自心无旁骛地沉默地吃着饭。

外面静谧的夜色里，微风轻快地穿过湿热的空气，留下不经意的荡漾。葳蕤的树木的叶片在黑暗中无声地翻滚，掀起一墙绿浪，在有灯光的墙上留下叶影。黑暗里的万物丝毫不受影响。黑暗是最微不足道的羁绊，却也是最好的掩饰。

校园的水果店里摆满了各种有着江南特色的水果零食，店外两边摆了很长的水果摊。高处耀眼的灯光里无数飞虫在慌忙地不停飞舞。

来自异国的一对情侣，男生在水果店买了一些水果后绅士地递给女生，女生温柔地接过水果。彼此都因太在意对方而拘谨矜持，不动声色的举止间透露着浓浓的爱意，看似波澜不惊、云淡风轻的恋爱模样却蕴含着最纯真的美好情愫。

白色的T恤、各色短裙、柔亮的发丝,搭配青春年少的背影,骑着单车风一样地穿梭在偌大的校园里,成了像花儿一样美丽的风景。

校园三点一线的生活看似简单、不值一提,实则最奢侈。因为它有循循善诱、让人心生敬仰的师长,有性情相投、真诚善良的好友良伴,有江南一年四季如画的风景……身在其中习以为常时不以为然,等到彻底失去才知道它们奢侈到极致,成为生命中永恒的怀恋。

春日,教学楼旁、操场边纯洁的白玉兰引来无数人驻足观赏;一树树海棠花影、满堤烟柳都是离别时让人肝肠寸断的依恋。

夏日,校园僻静处一池一尘不染安静绽放的白莲花和宿舍楼下粉红、粉蓝的绣球花都是时光里最不舍的深情。

秋日,温馨了时光的桂花香和教学楼满墙绿波荡漾的爬山虎都是最有代表性的秋日容颜。小时候学过一篇课文叫《爬山虎的脚》。如今终于见到了它,可以仔仔细细地看个够了,却又总是远远地望着,被一墙排列得整整齐齐的绿叶吸引着,把它当成背景墙一次又一次地打卡拍照,直到最后离去时,才无意间瞥了一眼它的"脚"。

那里有天马行空、不受束缚的畅想;有藐视一切困难义无反顾追求理想的勇气。

  转眼间时过境迁,曾经炽热的青春岁月也成了冰冷的往事,成了只可追忆的好时光!

六一儿童节感怀

"一年一度花相似,岁岁年年人不同。"记忆里鲜活如初的美好总被时光的脚步践踏得凌乱破败、光彩晕散,如被雨淋的车窗玻璃,留下水痕斑斑的面目,像哭过的浮肿的脸。

记忆里鲜活的生命也会随着时间的流逝不可逆转地变得苍白干瘪,再回首,顿觉那人也其貌不扬,没有了当初的魅力。人隔着铜墙铁壁般的时间屏障看过去,不遗余力,目眦尽裂,依然只看得到隔世的幻景。轻得没有重量,虚得没有力度。里面的热闹和身处其中的人情世故、阿谀奉承是间隔数年的回首仍无从领略的。

六一儿童节当天,大人都像自己过节一样兴奋地期待着表演的到来,空气里飘浮着欢快热烈的气息。清晨明亮的阳光顺着教室屋檐上的瓦片洒下,向院里倾泻下光芒,碰到树梢就从枝柯间穿过,落到地面上就形成了树的倩影。清新的空气、粉蓝色铁大门外的路面、看不见的地方偶有鸟叫传来，离开时突然意识到这里有平日里难得一见的清静，竟不舍得马上离开。

田野里的土路高低起伏，见头不见尾地向远处延伸，两边的农田依着地势随意起伏，矮秃的山头这儿立一个，那儿聚一堆。路上也有其他学校穿着统一服装急急赶路的歪七扭八的学生队伍。

中心小学的院子里站满了来自各个学校的整齐的小方阵，每个小方阵前旗手的旗杆上都飘着鲜艳的彩旗。喜悦与热闹、漫长的等待与太阳的烈焰同在，鼓声与哨声齐鸣，节奏熟悉而令人振奋。

一门之隔，形成了泾渭分明的景象：校园里的整齐干净、秩序井然与校门外的随心自在、各得其所。校门外的上坡土路上涌动着无暇久留又非要看一眼热闹的熙熙攘攘的人潮。校园内阵势整齐壮观，时而哨声响起，口号热烈。总之，这里是说不尽、取代不了的欢乐云集地。

队伍时而喊着口号缓缓前进，时而停留在原地，默默无声却激荡了沉寂的空气。一个个方阵小碎步地寸移，徐徐前进。学生们的手中轻挥着纸花，喊着口号行着注目礼从主席台前走过。老师和家长在幕后不遗余力地付出，只为了让学生在台上的表演不出差错，不辜负众人专门奔赴的心意和殷切期待。

一天的轻松欢乐在炎热退去、大地肃静的时候落幕，结束和开始一样让人难忘。

初夏月夜相思情

　　清晨，声声布谷鸟叫在雨后空气清新、地面湿润的院落上空盘桓，立马营造出紧张忙碌的氛围。田野里各种候鸟因时而动，它们的叫声是不动声色而又最能触动人心的时令催促。白杨树、洋槐树、柳树都在用力地生长，叶子绿得发亮。田野里大片绿油油的麦田、金黄的油菜花地横七竖八地向四周铺展，一时风景如画。庄稼顶着炙热的阳光一刻也不敢懈怠地努力生长。农人在田里辛苦地劳作，早早出发，干了很久也不歇息，很晚才往回走。他们忍着疲倦，不停地辛苦忙碌，只为了不耽搁这万物野蛮生长的时节。

　　夜深人静时人因疲劳而酣睡，与万物同在漫长的黑夜中蛰伏。一宿过后，万物才恢复日复一日的各司其职。长大后，特别怀念小时候那些令人记忆犹新的月夜。月光模糊了院里一切东西的面目，只留下若隐若现的轮廓。似曾相识的感觉混淆了记忆里遥远的昔日和近在咫尺的当下之间泾渭分明的界限。

记忆中奶奶坐在破败的厨房里,端着盛着剩饭的碗,在朦胧的月色里若有所思地沉默着。好像回到了很久以前的往事与时光里,神色里藏着沉思与叹息,一动不动地在往事中沉浸许久才回到眼前的现实里。她的眼神诉说着遥远的不幸带来的折磨、艰辛,以及只要坚持一切困难都会过去的信念。这是又一次确认的释然,像雕像一样把瞬间定格成永恒,让人情不自禁地反复揣摩、仔细回味藏在她眼神和举止里的点滴细节的含义,猜测陶醉的神色下未说出口的心事。

时光的海浪没日没夜地拍打着记忆的堤岸,把曾经冲刷侵蚀得面目模糊、锈迹斑斑,而那个夏天月夜里恍然如梦般的情景总是刻骨铭心,因深刻而愈加清晰。漆黑、闷热、宁静的夏夜成为我最经常回味的记忆片段,无声胜有声地诉说着思念成疾的苦楚!

家是什么

家是一个人不变的依恋和
给足他底气的地方

就像一个人对母亲的依恋，无论他年龄多大，经历过怎样复杂的世事变迁，在母亲面前依旧是个单纯懵懂需要年迈的母亲去庇护的小孩儿，家让在外奔波许久的人心里遮天蔽日的阴霾显得渺小和不值一提。

妈妈的一日三餐、从小到大一成不变的唠叨洗涤着心灵的污垢，让家里悠闲从容的时光安抚被苛刻的世俗要求折磨得失魂落魄的心灵，让自己暂时以婴儿般的纯真重新看待这个世界。家是积攒不与世俗同流合污、不人云亦云的勇气和理由的地方。让初入社会的自己不被世俗的看法裹挟得脚不沾地、连滚带爬地跟随，敢于清醒地审视和及时止损。

家是小院景致随四季轮回
一次次惊艳时光的地方

春日里,前后院几树粉艳的桃花映衬着老旧的土墙,光秃秃的枯枝焕发生机,让朴素的农家院落显得素雅温馨。雨后清晨,声声布谷鸟叫中几树清新艳丽的桃花把朴素的院落装扮得焕然一新,人们按捺住把崭新的时光从头开始的跃跃欲试,以及对于时光易逝的忧心忡忡,一心一意地沉醉在当下的分分秒秒里。

夏天正午,天气炎热无风,偌大的村庄静悄悄的,草木一律纹丝不动,碧蓝的天空里飘着几朵白云,阳光聚精会神地炙烤着翠绿的树木和田野里的庄稼。白杨树叶子在短暂的风偶尔经过时,白色的底面和翠绿的正面立即反复翻转。家家户户都在午睡,悄无声息的院落里,阳光从阳面的房檐向阴面的房檐下悄然推移,到黄昏时已经从地面一路挪到了阴面房顶上,斑驳的树影罩满阴面房屋侧面的一面土墙。

午睡到下午才起来,穿着白色半袖衬衣的爸爸搬着半截圆柱形树墩坐在大门旮旯里的阴凉处吹穿堂风,吸着烟漫不经心地望着过往的农家车辆和路边的风景。

秋雨连绵季,薄透的轻雾轻纱般笼罩着连片的田地、连绵不绝的峰峦和庄重宁静的村庄,一切显得若隐若现、如梦如幻。

前院后台上阴暗潮湿的边角沟渠里最易生长毛茸茸的绿色苔藓。

装满土的黑色长方形塑料篮里栽着妈妈从地里移栽成活的野花，粗壮的花枝在没有约束的空中张牙舞爪地生长，硕大的红色花朵不间断地开放，直到冬日霜降才显出凋零的迹象。

后院凹凸不平的小土台上，笔直高大的梧桐树、长着长刺的洋槐树与塑料篮里的红色繁花相互映衬，营造出恬静惬意的氛围。

凉风习习，院落里的万物笼罩在暖阳阑珊的光影里，形状逼真、轮廓朦胧的婆娑树影如庞大的黑影映在院子里，传递着时光早晚和天气阴晴的讯息。

冬天，一场场纷纷扬扬的雪粉饰了冬日单调的晨昏，冰清玉洁，激荡了漫长固化的岁月顺序，让期待的日子伸手就能够到，让人提前贪婪地温习和享受设想中的幸福。用无数精致洁白的雪花掩埋了堆积在大千世界里赤裸裸的丑陋、苍老、肮脏，一次次不遗余力地打造出一尘不染、洁白崭新的人世间，用洁白涤荡人们灵魂的污垢，让他们重新拥有从未被玷污过的世界。

家还是游子们藏在心底
咀嚼不尽的难忘瞬间

家，是逢年过节在异地他乡的鞭炮轰鸣中，瞬间梦回故里的情难自禁。

是人到中年有家却难回时最渴望的拥有，让孤身在外的自己在除夕夜家家户户团聚的时候，看到灯火通明、人头攒动的情景时不至于为自己的孤独无助号啕大哭。

是田野里的几块庄稼地和村落中的一个院子，是有爹娘守护春夏秋冬的地方。

是雪天的傍晚，一院原封不动的厚厚的白雪映着厨房里的橘红色灯光，厨房门上半卷的厚门帘下露出灶台前妈妈忙碌的身影。

是静悄悄的院落里安静地落着雪，倚靠着院墙的农具上逐渐落满雪的干冷漫长的冬夜。

是逢年过节放假时，即便路上奔波耗去的时间比待在家的时间还长，明明得不偿失却要义无反顾奔赴的地方。

是一片片胡麻开花时，精致的深蓝色小花搭配深绿色的背景形成平整华丽如毛毯般的胡麻地。

是在秋收的田地里烤香甜的嫩玉米，嚼甘甜的玉米秆，生吃脆爽多汁的青萝卜等永生难忘的童趣。

是一丛丛细密青绿的麦苗在麦垛周围亮相的初春光

景；是夏忙时节驴驮马载、热火朝天的热闹繁忙；是在秋日夜晚如雾般轻薄的月光笼罩下，安静辽阔的田野朦胧的模样；是皑皑白雪贪婪地把天地据为己有的欲罢不能……

最美不过家乡的四季轮回里韵味各不相同的醉人诗意。

正月里的集体狂欢——看戏

神戏、地摊、跑社火是农村春节文艺联欢会的"三件套",其中神戏因最有看头而最被期待,是春节里除吃喝玩乐外最值得期待的"重头戏"。

唱神戏一般在正月初,春节氛围浓厚,人们不下地、不外出,清闲安稳。春寒料峭的初春,田地表层裸露着如细沙般松软的土壤,地边上的雪也才融化。雪融了的一溜儿长长的地边上,枯干的草和野蒿子一点就燃。地里面不曾被践踏过,原封不动地保留着雪落下的样子。看戏的人就站在戏场上面这样的地块里远远俯瞰低处的戏台。土戏场周边高处的闲地成了临时的看台和停车场,地方宽敞、视野开阔。人们更喜欢站在高处居高临下地俯瞰,让低处的戏台和真正的戏场一览无余。就连戏台的背面、道具和所有音响都尽收眼底。正所谓站得高看得远,站在高处可以毫无遮挡地尽情看戏,不怕被前面的高个子挡住视线。

戏场里热闹自由,有三三两两攒成堆说话的;有手插裤兜叼着烟斜着眼看一眼戏台后不停东张西望的；有在雪融了的地边边上蹲下来，面对面，手里揉捏着半截干草专心聊天的；还有拿着刚买的玩具，在母亲怀里蹭来蹭去，一刻也不安静的小孩儿，年轻妈妈则趁着孩子低头玩玩具的短暂空闲，快速瞥一眼戏台上的戏，还没来得及看清楚就赶紧把目光收回。

这样无所事事纯娱乐的时光，在一年四季都忙得鸡飞狗跳的农村生活里因短暂稀缺而被珍视。此时此刻热闹嘈杂、熙熙攘攘的戏场成了最完美的背景、最悠闲放松的场合、最自然的伪装、最天然的掩饰，让人们随心所欲地放松消遣。

农民一年到头都是不修边幅的，过年时尘土飞扬的戏场里偶尔也能看到西装革履的人们，干净笔挺的西装与这种土墙、土房、土舞台，到处是土的环境和戏台上业余的唱腔、戏场上人们嘻嘻哈哈自由松散的氛围同框似乎显得有些格格不入。他们是刚从外面回家过年的打工人或者来走亲戚的外庄人，出门时自然要刻意打扮一番，西装革履也理所当然。

女人包着花花绿绿的方头巾，孩子们穿着五颜六色的过年的新衣服。戏场观众真实丰富的神情姿态和对话情景与用心的衣着打扮让人眼花缭乱，比戏台上戏曲演员唱的戏还吸引人。熙熙攘攘的戏场上此起彼伏的叫卖声、娃娃们吱里哇啦的哭闹声、大人们嘻嘻哈哈的说笑声各行其是、互不干扰。戏场上观众即兴的本色演出远比戏台上吹着唢呐照着剧本演绎的"戏如人生"更自然、精彩、深刻。所以看戏既是为了看戏台上的戏，也是为了与戏场上天然去雕饰、自然演绎的人情世故和现实进行比对，从而印证"人生如戏"的道理。戏里戏外都精彩到不容错过！

戏场上自然少不了摆地摊的。花里胡哨的地摊货最能吸引小孩儿的目光，小孩儿无力抵挡五颜六色漂亮的花气球、葫芦状的绿色汽水的强大诱惑，一进戏场就无休止地哭闹着非买不可。地摊上独属于小孩儿的玩具应有尽有。有华丽精致的金色塑料大刀、麻雀虽小五脏俱全的豪华塑料汽车、高级酷炫的塑料手枪和机关枪……印有卡通形象的气球对小孩儿有着巨大吸引力，一旦认出就非买不可。它们或在地面简陋的木板上摆得满满当当，或在卖家的手里高擎着，朗声吆喝的叫卖声挠得小孩儿心痒难耐，哭闹着要买。

唱夜戏时，摆摊的人用弯弯曲曲的木棍挑上细细的花绳电线挂上白炽灯泡，靠着戏场的土墙立着，勉强照亮地摊上的东西，就可以和白天一样卖东西了。

卖烧烤的、卖凉皮的、卖麻花的、卖菜的都在戏场四周的边边角角里支上简陋的摆摊工具，上面摆得满满当当。有的在凹凸不平、由几块木条拼接起来的门扇上摆上东西，供人坐的顶多是摊边一条年代久远的又窄又矮的长条凳。大部分人都是等戏散的时候买了提回家吃。在戏场的地摊边，边看戏边吃东西的人寥寥无几。待在家里的人最期待看戏回来的人买的东西。父母对孩子们的期待心知肚明，所以大多不会空手而归。

赤裸裸的临时将就、交差应付的做法却营造出了让人流连忘返的氛围。戏场上的热闹与喧嚣成了离家的游子和农忙时节的人们魂牵梦萦的情景。午夜时灯火明亮的戏台上花花绿绿的演员、恍恍惚惚的慢动作、大喇叭里传出来的嘹亮悠扬的声响一齐撩拨着心弦，让人如痴如醉地回味那段时光里的点滴光景。

即便你在星巴克里细品过咖啡，在灯光昏暗、氛围浪漫、格调高雅的高档餐厅就过餐，你阅历丰富、眼光挑剔、品位独特，也依旧欣然前往这样简陋的地摊仔细品鉴它独特的氛围，象征性地买些东西，不忍空手走出戏场。就像在旅游景点必买旅游纪念品一样，给这趟轰轰烈烈开始、戛然而止时意犹未尽的"旅行"留个念想。卖的东西也都是戏刚开始唱时贵，戏散的时候便宜；第一天登台唱戏的时候贵，最后一天散戏的时候便宜。

唱戏的日子里，家家户户都很重视，尽量不迟到早退，早早吃完午饭，就迫不及待地往戏场赶。难能可贵的是他们那么准时严谨地对待一件事。

戏曲剧目都是年年重复上演的几出戏，区别仅在于排列顺序不一样。今年可以明目张胆地重复去年或以往的演出剧目，一切过往皆是素材。之所以能光明正大地重复，是因为中间隔了整整一年的时间，足以淡化浮光掠影的记忆，让一切崭新如初，像从来没见过一样，让人依旧满怀希望地期待，毫无保留地喜欢，依旧看得津津有味，并不觉得无聊无趣。戏剧曲目无非是《二进宫》《铡美案》《五典坡》《窦娥冤》等屈指可数的几出。久而久之，听的次数多了，不会唱戏也会哼。其中的经典桥段人人都耳熟能详，比如《铡美案》中包公和皇姑对峙的经典唱段人人都能随口哼上两句。平时田间地头随口哼唱的片段都是这时候的戏上听来的。热气逼人的麦地里的一排麦茬前，光着膀子割麦的男人猛然直起身仰头尽力吼一嗓子秦腔来宣泄情绪，吼得地动山摇，回声嘹亮；新媳妇回娘家时路上随口哼唱着的是秦香莲骂陈世美的片段；平时，村委会通知村民开会时喇叭里的前奏也是一段秦腔，起到了既低调又引人注意的目的；对于出门在外的游子来说，秦腔是一剂慰藉乡愁的良药。

回首那些年看过的戏，戏里戏外的情景都让人感触颇深。

正月里晴朗明媚的初春天气，村庄到处弥漫着春节喜庆的气息，家家户户谨慎地对待迎社火、走亲戚、上香献供等仪式，人们认真遵守一切风俗习惯，维持着浓郁的节日氛围。寺庙里香火旺盛，吃饭前家家户户由一人抱着香匣去庙里烧香。阵阵炮仗声在庙门前不绝于耳。满地都是一圈圈炸成毛边的鞭炮的红色纸屑，上香的地方积下一大堆香灰。上香磕头的人络绎不绝，你方上罢我登场，将春节喜庆祥和的氛围接力烘托到了极致。

晚上，或粗犷或婉转的戏声在寂静的夜晚，从老式公社的大喇叭里扩散出来，传播得很远很远，含混不清地在平缓连绵的山脉间、苍凉厚重的雪山冻土间和广袤无垠的田野上空盘桓。余下的零碎的尾音触碰到低矮的山坡和狭长深幽的山谷，串联起一段"荡气回肠"的回声。真乃余音绕梁，三日不绝。

站在远离戏台的漆黑的雪山上，听到悠扬的唱腔与乐曲声浑然一体，眼前立刻浮现出戏台上光影明亮、戏场里人头攒动和人声鼎沸、热闹繁华过后的偃旗息鼓、空荡寂寥的情形，如梦如幻又逼真清晰，让人欲罢不能地反复回味。

晚上看戏回来的路上，人们三五成群，边走边聊天。月色朦胧，路旁高处细小稠密的树枝在凹凸不平的土路上投下清晰逼真的黑色树影，清冷的霜气笼罩着月光下梦幻般的村庄。偶尔还能听到庄里不知从何处传来的一两声狗叫，真是狗叫夜更深，月色半人家。

不知不觉走到家门口时,家里的人已鼾声如雷,还能隐隐约约听到戏场喇叭里扩散出来悠扬的唱戏声在夜空回响。万千悲壮苍凉与无限感慨顿时在心头汹涌,莫名悲怆到窒息,诉说不尽的百味杂陈让人绝望又不甘。来不及找出释怀的理由就一律以没必要多想为由抹杀了所有蠢蠢欲动打算撩拨心灵的情绪和剪不断理还乱的情感纠缠,不得不尽快回到充斥着功利的现实中来。

当哪个庄里来了县城的秦腔剧团了,几个庄的人就都跑到那一个庄里去看戏。消息绝对能在开戏之前传遍邻近村庄,各个村庄的人便以五花八门的交通工具迅速赶到戏场。简陋的露天小戏场里尘土飞扬,没有座位,没有任何必需品,人们就全程站在土块堆积的戏场上看戏,戏场被围得水泄不通,人声鼎沸的热闹场面无比震撼。

从附近各个村庄赶来的人们,有提着小板凳的,有抱着小孩儿的,还有三五成群的男生勾肩搭背地排成一排走在路中间,肆无忌惮地放声说笑的。破旧不堪的汽车横七竖八地停放在戏场周边宽敞的荒地里,平时拉粮食、送粪的破旧三轮车,徘徊在报废边缘的手扶拖拉机垫着五颜六色、形状各异的针织坐垫,拉了满满一车本庄人。手把上挂着长长的拉风的塑料彩带,装扮得像私人定制的摩托车也停放了一大堆,主人随便找个不挡人的地方把车一停就立马看戏去了。崭新艳丽的红黄绿三色旗帜插在戏场边缘的大土堆上，随风招展，衬托得戏场愈加气派。

无论白天还是黑夜，戏唱到高潮时，社火会的会长们都会给演员"奠台"。在热烈的鞭炮声中，他们端着装有大馒头、糖果、花生、核桃的铁盘从搭在戏台侧面的梯子上排队走上戏台，从戏台一侧充满仪式感地走到幕后。满满的仪式感，既是为了给他们提供吃的，也是代表全庄人表达对他们的欢迎、肯定和感谢。夜戏还会装上热气腾腾的暖锅，戏台上的乐手身边放着红通通的大火盆，在没有电暖扇的年代这也算是竭尽全力地支持。

晚上，戏场里昏暗不明，只有中间地面略高、周围坑坑洼洼的土戏台上灯光璀璨，一片明亮。随着二胡、唢呐等乐器奏出熟悉的旋律，画着大花脸，穿得花花绿绿的演员一出场就吸引了所有人的目光。尤其是女演员，因为稀少而更容易受到关注。观众不约而同出奇地安静。喇叭里扩散出来的唱戏声让所有人竖起耳朵聆听，人们目不转睛地盯着戏台看，如饥似渴地享受着那种满足的幸福感。为了得到此刻的享受和满足，他们不嫌路途遥远，不计较戏场环境简陋，不辞辛劳连续几天、一天几趟地往返于坡陡沟深、湿滑难行的路上，所有的经历都是日后回味无穷的美好记忆。

散戏后漆黑得没有出口的夜里，陌生陡峭的山路上没有一盏路灯。摩托车、三轮车、小汽车和步行的人瞬间一哄而散,消失在周边的各条大道小道上,戏场里很快空无一人。一起走路的人七嘴八舌地说着戏里的有趣场面。骑摩托车的人几乎同时上车,伴着踩油门声从陡峭的上坡路上径直猛冲上去,陡峭、漆黑、没有路灯、没有交警指挥的路上,熙熙攘攘的人和拥挤的大小车辆瞬间不可思议地消失殆尽,不一会儿近处的人都已经到家了。远处的人也都要赶着回去睡觉,小孩儿瞌睡得都快在路上睡着了。

一般庄里唱戏的都是临时攒的班子,他们平常种地,过年那几天凑在一起唱戏,业余到明目张胆地敷衍,两边幕布缓慢靠近还没合上时演员的动作早已收起了;再比如因为没有合适的人选,《铡美案》中扮演英哥冬妹的都是大男人,小时候从大人调侃的口气中得知这样的内幕都有种被欺骗的愤怒和欲哭无泪。

那些热闹和美好转瞬即逝,关于它们的记忆不禁让人生出许多感慨。稍纵即逝的狂欢过后是漫长的平淡寂寥和单调忙碌。因为来之不易因而让人更加珍惜。短暂的兴奋和热闹对农民来说是难得的放纵与狂欢,让他们暂时搁置现实里的克制与隐忍,放下一贯的卑微迁就和为了生活时刻紧绷的状态,全身心地陶醉在这昙花一现的绚烂里,像处在黑暗中一样无所顾忌地贪婪地享受一切狂欢与恣意!

所以,看戏让人向往的不仅有奢侈的狂欢和放纵,还有暂时把艰难的生计和离别的伤感抛到九霄云外的洒脱轻松。它不仅是娱乐活动，也是对众所周知的人生大道理的古老演绎，是间接排遣忧愁、放空心情的方式。而那些年看过的戏、那些戏场里的情形都将被永远铭记，被不同的人分别珍藏在各自的记忆里，并时不时翻出来品鉴一番，来慰藉思念成疾的灵魂！

狂风大作的冬日午夜

在冬日漆黑的午夜，大风持续不断的猛烈的呼啸声让睡在热炕上暖暖的被窝里的人不由自主地瑟瑟发抖起来，赶紧裹紧身上的被子。从席卷一切的风声中感受到了风的猛烈，仿佛亲眼看到了黑暗中粗壮高大的树木东倒西歪地摇晃，树木周身剧烈晃动，带动全身上下，连最粗壮的树枝上的树叶也疯狂地摇晃。轻飘飘的树叶快从大树上摇落了，大风不停地吹，黑暗中它无所顾忌地放纵。

就像厌倦了循规蹈矩后的爆发，就像受够了忍气吞声后的反抗，在此刻如火山喷发般爆发，是歇斯底里的发泄，是对心中的仇恨对象不遗余力地摧毁，是忍无可忍后的破罐子破摔。没有敬畏就毫无畏惧亦无须迁就，所以毫无区别一视同仁地粗暴对待，只需用尽全身力气不计后果地宣泄，直到精疲力尽才戛然而止。

狂风拼命地吹了个够，风声和猛烈的摇晃碰撞声才逐渐销声匿迹。窗外一时万籁俱寂，只剩下后半夜漆黑宁静的漫长时光。只有猛然响起的，完全没有收敛，显得突兀的如雷鼾声衬托着午夜的漆黑和无尽沉寂。

漆黑、漫长的夜里，人们像同时进入了漫长而黑暗的隧道，不约而同地在睡梦中集体蛰伏，丝毫不用担心意外的发生，不惧怕无处不在的黑暗，恣意享受和白天有着天壤之别的时光，顺便大方虔诚地赞美黑夜的伟大、高贵、典雅，四平八稳地安享睡眠，不管不顾夜晚正悄然变短，因为他们非常清楚地知道任何一个黎明都将毫无闪失地准时到来。

乡村集市

乡村集市指当地人在统一的时间和地点进行买卖交易活动的场所。

有的地方农历每月逢尾数为三、六、九的日子赶集,有的地方把农历每月尾数为奇数或偶数的日子定为赶集的日子。没有统一的标准,主打一个约定俗成。

乡村集市其实就是一条露天的土路,干燥时尘土飞扬,雨季里又泥泞不堪。赶集当天土街道两边摆满了摊位,有卖菜的、卖衣服的、卖门帘的、卖厨房用品的等等,琳琅满目。没集的日子路上空无一摊,两旁的店铺也都关着门,路上来来往往的是肩挑背扛牵着牲口去地里耕作的人,是人们去地里干活儿的必经之路。

农村每年过了正月十五,新年才算正儿八经地结束。从正月十六开集一直到腊月二十九的最后一个"抢集"结束,除过头尾,其余的集市都普通平常。每当最后一个集到来时,前天刚从外地返回的打工人都不约而同地去赶这一年里最后半天的集，买年货是其次，主要是为了感受久违了的乡音和熟悉的讨价还价的热闹场面，让自己沉浸在沸腾的烟火气中。街道两边用破门扇和木板拼凑搭起来的摊位上，摆得满满当当的，各种必备的年货应有尽有，一时人头攒动、车辆拥挤，这场面让人有种说不清的依恋。

乡村集市没有大型超市高档干净的购物环境，只有一条不是刻意打造也没有专人维护、既不宽阔也不平整、人聚人散顺其自然的平常土路。两边是卖烟酒饮料、廉价零食和学生用具的小商铺，平日里零零碎碎的交易都是几分几角地讨价还价，不慌不忙、细水长流地做生意，从没有狂轰滥炸、疯狂促销的购物节。简单的四舍五入就能让任何一桩交易、一次买卖痛快地成交。

乡村集市上的店铺一律简陋狭窄，都是简单粗糙不加任何修饰的门面，大红大紫的招牌搭配浮夸的图案，直接以店主名字命名的理发店，如艳红理发店、红利发廊等；有着一对油乎乎、脏兮兮的门扇，一眼就能看出长年累月榨油痕迹的兔生儿油坊、有生儿油坊、大胡子油坊等；门口靠着门扇、立着长短不一的新炉筒子，门前乱七八糟地摆着大红大绿的塑料桶、上小下大地垒着高高的不锈钢盆、塑料盆等货物的五金百货店；夏天门上挂着一排翠绿的塑料细线当门帘，卖炒面、烩面、大盘鸡、白皮面，承办小规模宴会的饭店，如德宏大饭店等；门口架上一口大铁锅煮粉烫菜，就成了简易的麻辣烫摊位，白色的塑料漆桶里泡着几把宽粉和细粉，招牌直白地表达着希望生意永远红火的愿景，如四季红麻辣烫、年年发小吃店等。

小小的店里摆着四张单薄轻巧的浅黄色桌子，桌子边紧贴墙面摆成两行，一张桌子旁摆着两个没有靠背的塑料圆凳子，人多时还可以在桌子侧面加小凳子。在这个狭窄拥挤的小屋里，新来的人和吃完离开的人在门口相遇时要同时侧身才能进出。店里有吃米线、手擀粉、炒凉粉的。冬天店里氤氲着一屋子白气，飘到屋顶的白气填满了屋里所有的缝隙，人被白色的雾气笼罩着看不清彼此的脸，连雾气都被不停地挤歪挤断又迅速接上。集市上这样条件一般、设施简陋的小吃店是人们寒冬腊月赶集时最抢手的歇息地。

来人都是十里八乡的乡亲，主打一个主随客便，热情和气，来店里吃饭的人像夏天的白雨一样，一阵儿一阵儿的，又像跑社火似的来去匆匆，绝不拖延。一时嘈杂拥挤到了极致，过后又马上清静下来的情景在这小小的方寸之地集中上演着。店内垃圾桶、卫生卷纸、一次性筷子等必需品肉眼可见的廉价劣质，却应有尽有，绰绰有余地满足着所有人的基本需要。在岁末年初熙熙攘攘的集市上吃着热辣滚烫的麻辣烫、热腾腾的炒凉粉炒凉皮，在热气氤氲的氛围里，听着熟悉的乡音，谈论着熟悉的生活场景，是最治愈人心的存在。

从不觉得这样简陋的吃饭场所逊色于任何高大上的就餐环境，也不觉得简单的一顿小吃逊色于任何隆重的宴请。在这里只需安安心心地吃饭，不用忍受无时无刻的拘谨和煎熬，不必如惊弓之鸟般担心着一轮轮的敬酒而不敢安心地吃饭。

感受着浓郁的人间烟火，陶醉在毫无戒备的松弛感和没有后顾之忧的淡定从容里。尽管这里的一切一样难逃时过境迁、物是人非的命运，但时光流逝的痕迹那么轻微，没有触目惊心的观感，因而总找借口蹭点光景来慰藉渴慕的心灵。似曾相识又恍然如梦的感觉模糊了遥远的过去和近在眼前的距离，混淆了记忆和现实的界限。

这里没有精明的算计，没有千篇一律的急功近利和俗不可耐的追捧，没有对平庸艰辛的普通人生唯恐避之不及的警惕戒备，没有对世俗追捧的功成名就赤裸裸地奉承和迎合，没有对左右逢源等时常被"褒奖"的能力和年轻成功等要素作为衡量人生成败的唯一标准和最终归宿的趋之若鹜。对普通平常的生活也能永葆敬畏之心，不功利却能保持积极入世的人生态度。看淡人生得失，失败与成功只是漫漫人生路上的过客。只要珍惜每一段生命时光，不负此生就是最好的答案。

有集的时候，百货铺、便利店也都开门了。只不过地摊仍是主要的买卖渠道和场合，物品种类齐全，应有尽有。人们用日常的农用车，如平常拉粮食送粪的三轮车、手推车等，把种的葱、蒜、菠菜等拉到集市上来卖。到集市上后随意找个位置，在地上铺上蛇皮袋子，上面直接摆上一捆捆葱、一堆堆蒜、胳膊粗的几把芹菜，摊位上不标价钱，不打广告，完全靠主人兴起时的几声吆喝。短暂的吆喝过后，他就在蛇皮袋子后面席地而坐，等买主自己找上门来。自己则和邻近的摊主悠闲地抽烟说闲话。买东西的人来了才打断了他们津津有味的笑谈，简单地讨价还价、挑选、过秤等环节一气呵成，没有多余的一步。讨价还价也不是你来我往的复杂博弈和极限拉扯，而是三言两语速战速决，能行就行，不行就请自便。买卖双方都互不勉强，卖主也不会等着顾客离开时再厚着脸皮去挽留。

偶尔因菜多吃不完拿去集上卖的人，因为缺乏买卖的经验，怕一时应付不过来，便提前在家里过好秤，按固定的斤数把菜打包好，到集上只等着人拿菜付钱就行了。赶集时碰到十里八乡的亲戚，彼此寒暄几句过后，就非要礼节性地给对方送一把菜，遇到非给钱不可的，就象征性地收一两毛零钱。

散称的夹心饼干、露天的凉拌菜摊前人头攒动。在这里，藏在配料表里的科技与狠活是难得一见的，用高明的手段造假是稀奇的。这里的造假方式是明目张胆地偷工减料，或被人一眼看穿的掩耳盗铃式的自欺欺人。蔬菜店里常年冷冻的肉早已司空见惯，小摊小贩缺斤短两的做法也都见怪不怪。边摆摊边街边学艺的烧烤摊也屡见不鲜。人们心照不宣地不闻不问，不去追究。轻而易举地与恶劣的生存条件和自然环境和解，明哲保身是祖祖辈辈传承下来的生活经验和生存智慧；价格比牌子货只低了几毛钱，质量却差了十万八千里的货物比比皆是。五花八门不知牌子的洗衣液、洗衣粉、零食、饮料、日用品琳琅满目，应有尽有。让人忍不住好奇究竟是何方神圣生产出这么与众不同、让人大开眼界的东西。没有质量保障的东西却和家喻户晓的牌子货在价格上相差无几，全靠卖货人的一张嘴忽悠，表面上看似捡了便宜，实际上却吃了亏。

尽管是地摊货却都很应时。夏天刚到，地摊上已经及时地摆上了五颜六色的镂空薄门帘和浅色碎花床单以及富贵端庄的薄窗帘；冬天不失时机地换上纯色深色的厚门帘、厚窗帘和花毛毯。所以尽管人们是从不同集市的商家手里千挑万选买到的，但最终家家户户都会用上大同小异的日用品。

陌生商贩和客户间的口头约定也很有效，双方都会严格遵守，顾客没有小票凭证也可以把上一次在集市上买的不合适的东西退换掉。甚至过了两三次集市后再退换也可以，只要买卖双方彼此认得，还能记起当时的交易情景就可以。反正东西本来也没有标签和吊牌，只要不脏不烂不影响二次销售就行。

集市上除了常开的蔬菜店和临时卖菜的农民外，还有赶完别处的集又马不停蹄地赶来的大卡车、时风拖拉机等。他们把车厢打开，满满的一车厢蔬菜水果因价格较低且较新鲜而迅速被一抢而空，他们也就立即打道回府了。

乡村集市一般只有上午半天。中午十二点一过，原先人挤人的土街道上顿时只剩三三两两闲来无事转悠的闲人。人们大多赶着回家做饭喂牲口，下午还要去地里干活儿。回去的路上，有的人背着买来的东西，有的人背着卖剩的东西，全都步行回家。一方面因为集市人多时公交车往往形同虚设，另一方面因为日常干农活儿时的肩挑背扛让他们对沉重负担下的遥远的跋涉习以为常，步行回家是理所当然的首选。一时间集市周边的羊肠小道上赶集回去的人络绎不绝。

这短暂的热闹、仓促的赶场无数次地重复上演着，像纪录片一样全面记录着农村的芸芸众生和人情世故，诠释着平常却独特的生命轨迹。这样的生活场景在农村多到泛滥，无人意识到它的可贵，更没有人去专门记录那一幕幕真实生动的生活景象。它却像珍贵的底片一样留存在每个人的心里。这样的心路历程在每个身在其中的人心中留存着，成了他们一辈子的记忆。

就像《霸王别姬》里成名角后的程蝶衣对儿时向往的东西依然情有独钟，无限眷恋都藏在小癞子说的那句"天下最好吃的东西，冰糖葫芦数第一！"的赞叹里。儿时所经历的乡村集市上的美好依旧是见过繁华也阅尽沧桑后的人们心头上的一抹暖阳。

山村冬雪

雪天的村庄到处被厚厚软软的白雪覆盖得严严实实，家家户户都闭门不出。早上一直睡到屋内椽缝里透进道道白亮的光才起床，起来就已经到了晌午。起床后洗漱完毕就坐在热炕上，大开着窗，看窗外纷纷扬扬落下的雪花和院子里肉眼可见厚起来的积雪。此时想到了"风雪夜归人"，顿时有一种不怕大雪纷飞有恃无恐的安全感。看屋顶、树木、地面迅速变白，院里很快变成了洁白的冰雪世界。体味着不同寻常的岁月静好、时光安稳。

此时偌大的村庄静悄悄的，漫长的一整天里，偶尔听到做饭开厨房门时，铁门锁碰到木门扇上的哐啷声。所有人不约而同地停止了外出农忙，安安静静地坐在炕上取暖，啥活儿也不干，心安理得地熬罐罐茶、烤火，女人坐在炕上纳鞋底，掐麦秆，净做些慢工出细活的零碎活儿。

平日忙得顾不上做的零碎活儿全放到寒冬腊月下雪天来做。女人有补不完的大人小孩儿的破袜子，以及缝不完的裤脚袖头、给门帘窗帘做绑带等缝纫工作。男人则总是沉默地吸着烟，在沉思中打发寒冬腊月里阴冷干燥的白日时光。此时此刻，漫天飞雪，天寒地冻，万物冬眠，除冰天雪地之外没有别的世界。人们只想架上大火烧热炕，睡个天昏地暗。

屋檐上长短不一、笔直的冰锥整齐地挂成一排，晶莹剔透，让人忍不住想舔一口。出现这种现象一定是昼夜不停地一连下了好几天大雪。屋外任何东西上都堆上了厚厚的积雪，院子里的雪堆得像山头，近在眼前的几个屋顶上，都像铺上了一床床崭新的白棉被似的，严丝合缝地盖在了或平坦或倾斜的房顶上。

此时此刻的田野里是名副其实的"千山鸟飞绝，万径人踪灭"。地里有几尺深的坚硬的冻土，树林里、地边上所有的树木都光秃秃的，只剩下孤零零的树干和树枝。被夏天繁密茂盛的叶子遮盖得不见踪影、隐藏得不为人知的奇形怪状的树枝全都赤裸裸地暴露在天地间。猛烈的寒风如入无人之境般扫过空旷赤裸的大地，赤裸的树干被风使劲地掀动着撞到了一起，发出撞得生疼的声音，又马上弹回到各自原来的位置，摇摇晃晃许久才终于停下来。

远处成片的田地里没有一点动静，隐约可见的公路上也听不见任何声音。没有一丝风吹草动，广阔的天地间见不到半点柳绿花红，只有统一的灰白色。野兔在毫无遮挡的田地里跑起来是那么显眼。冷风穿过厚厚的棉袄冻得人瑟瑟发抖。风刮起来畅通无阻，长驱直入地掠过高山和大片的田地以及坡陡沟深的山涧，在没有一点鲜亮的灰白色原野上自由驰骋，纵情奔跑。

深秋的依恋

深秋是秋的特征最全面、气息最浓厚的时节。

"霜叶红于二月花。"

田野里到处是"碧云天，黄叶地"的景象。从村头到梁顶蜿蜒几公里的路两旁，一人高的土台上的杏林长廊里上百棵杏树的叶子全部变黄变红了，一树或金黄或红艳的叶子，像刚涂的颜料还没晾干，会染到其他叶子上一样崭新鲜艳。蜿蜒攀升的路两边高低起伏的山埂上茂盛的杏树树干一律粗短弯曲，上面很快抽出许多细短繁茂的分枝，树皮厚硬粗糙，向外翻卷着，树叶繁多厚密。秋天的树叶要么是纯粹的金黄，要么是纯粹的红，要么是正在渐变中的绿黄红。这三种颜色的树叶以任意比例排列组合后呈现在狭长的走廊上，是让人形容不出的既参差不齐又低调奢华的美，在无人驻足欣赏的深秋荒野里慷慨展现不为人知的惊艳。

"一叶落知天下秋。"

树林里的地面上铺满了厚厚的落叶，路边宽深的水渠里攒满了色彩斑斓的落叶。田野里时不时刮起一阵猛烈的风，阵阵落叶一起打着旋，悠悠落下。落叶在空中相互摩擦发出的短暂的响声瞬间四起。在辽阔无人、寂静无声的旷野，这无人知晓、无人见证的惊艳绝伦的场景自顾自地出现又消失。人迹罕至、满目萧瑟的深山老林里，一树树苍凉哀伤的黄叶绵延成了浩瀚无际的秋日林海。

深秋时节，收获接近尾声。无限接近幸福的过程才最幸福！

深秋天气连日阴郁，好几天都看不见太阳，村庄里寂静无声。唯有门外路上驶过的农用拖拉机踏着"嘟嘟嘟"的响声一路远去。

秋日的村庄、田野是现成的诗情画意，无须雕琢、渲染就如诗如画，此情此景与空闲的梁路上猛冲上去的私家车传出的车载音乐，匆忙的拖拉机发出的急促的喇叭声搭配起来，就足以形成令人陶醉的秋日田园风情。随意的一首歌曲、一幕情景，都能与此时的田野景象和谐地搭配起来，让人瞬间沉沦。

日暮降临，袅袅炊烟错落有致地点缀在寂静素雅的村庄上空。

晚上，尽管没有下雨却总有霜雾笼罩、寒雨飘飞的感觉。远处村庄和邻近人家零乱的鞭炮声此起彼伏，从四面八方响起一阵阵"轰隆隆"的声音。这一幕最易营造出熟悉而浓烈的年味。久违的家人团聚，久别的故土重逢，在这酣畅醉人的时光里，心中涌起阵阵喜悦和无限的深情与依恋，成了这个季节独有的意义。

夜深了，璀璨的万家灯火散落在这凄清的山野黑暗里。这一幕情景里蕴藏着浑然天成的美好和无声胜有声的热闹。

挖小蒜

夏天万物野蛮生长的景象和春天百花齐放的壮观繁荣截然不同，却又紧密衔接。如果说春天是壮丽、繁荣、昂扬的，那么夏天则是热烈浓郁、不遗余力向上的。

夏天一到，万物都愈发茂盛翠绿了。

不知不觉间，村庄和田野变得华丽起来了。柳树、桃树、梧桐树形状各异的叶子全都变成了干净崭新的绿色，未经风霜雨雪的肆意摧残，未经时间的风干老化，鲜绿婆娑的树冠在正午无风的太阳光下恣意地享受着。整个夏季的正午，植物都要纹丝不动地经受好几个小时的太阳炙烤，不但没有枯萎还愈发欣欣向荣。

春末夏初，麦田里整齐匀称的青绿色麦苗一动不动地晒着太阳，越晒越精神、越绿得发亮，丝毫不觉得热似的，不知躲避地站着。晒了很久，偶尔一股短暂的微风从麦苗上掠过，带来一阵此起彼伏、稍纵即逝的麦浪。麦浪敏捷地翻滚后马上消失，麦田迅速恢复静默，继续晒着太阳。一片片平坦方正的绿色麦田旁边紧挨着同样的一片片黄灿灿的油菜花。大自然的色彩斑斓映衬得天地间活力无限。微风在沟壑纵横的山谷和田野间驰骋,触碰到麦田便迅速带起一片跨越沟壑、穿越山峦,遥相呼应的排山倒海的绿浪。嫩黄的油菜花经受着火热的太阳的无情炙烤。干活儿的人一歇下来就马上寻找阴凉处乘凉。

夏天,人们忙里偷闲地上山挖小蒜。高陡的山坡、边角料般零碎贫瘠的地头,被野蛮生长的荒草淹没的荒山野岭等地,是一丛丛细直的小蒜的最佳藏身地。挖小蒜总要白跑很多地方,做许多无用功,扑空很多趟之后才终于找到一丛小蒜的快乐是无数次分享回味都意犹未尽的心满意足!

挖小蒜的过程看似得不偿失,实际却乐在其中。小蒜少而零散地夹杂在茂盛的野草中不易被发现,突然在一座高大的山头上找到两三丛细细的小蒜就喜出望外。有时手脚并用好不容易爬上一座巍峨的山头却啥也找不到,只能继续去别的地方寻找。每次为挖到能数得清的几棵小蒜都要扛着铁锄头,提着竹篾编的篮子,在弯弯曲曲的狭窄的山路上奔波数趟,跑遍几座山头。说起来很辛苦,实际上有多少快活乐趣尽在不言中。因为它本不是多么劳累的活儿,打着这样的名目可以名正言顺地游山玩水,近距离地欣赏不常去的地方的旖旎风景。路越是难走,被厚厚的杂草覆盖得严严实实的深沟、陡峭窄高的悬崖边上就越有可能有出落得仙风道骨般修长挺拔、沐骄阳临清风的小蒜。

小蒜的蒜头很小，老了的蒜头也就大拇指般大小，所以才叫小蒜。小蒜的茎很细很长，叶子也是窄长的。但味道比大蒜浓郁。人们可以用小蒜包包子、拌搅团，是很好的山野时令佳肴。其他类似的赏心乐事还有掐苜蓿、拾地软、捋洋槐花、折香椿等，都大抵如此。随着季节的轮转，相应的山野时蔬都会应时而生，农民对于何时何地如何获得它们了如指掌。时令一到就会不约而同地去获取大自然的馈赠。

那样的时刻开心而难忘，长大后偶尔回家，也不可能凑齐儿时的朋友去挖野菜，一个人在田野里漫无目的地转悠，看看小时候挖小蒜爬过的熟悉的山头，面对时过境迁、物是人非的情景，让人孤独无助到窒息，真是"人面不知何处去，桃花依旧笑春风"。如今只剩下再也回不去的惆怅惋惜，曾经以为平常的拥有却成了长大后再也回不去的频频回首！

伤心雨

昨天，我还痴痴地沉醉在幻想和你在一起的幸福里

今天，我却要承受将要失去你的痛苦

往昔同一时间，我还在早晨的日光间

图书馆读书的缝隙里

夜间迷糊的梦境中

回味收件箱里你的一条短信息

想到第一次没有征兆地看到它时的惊喜

今天，无法散去的伤心却逼着我忍着心痛把它删去

我甚至不愿再看它最后一眼

我怕那种心痛让我窒息

让我更加没有勇气

昨天，我还傻傻地相信你就是流淌的人群中我唯一的知音

你的智慧会赏识我

你的多情会留意我

你的包容会接纳我

你的善解人意能看懂我不曾表达的心语

在你那里我可以找到久违的勇气

所有的希望和猜疑都在你大气、有底气的举止中得到了回应

我也因此更加坚信自己的选择

所以，看到你时便时刻留意你的一举一动

你不在眼前时便不停回味你的气息

直至精疲力尽也欲罢不能

你的眼睛里有着迷人的色彩

看到你时，不善表达的我

也会尝试着表达自己的心意

你的三言两语

也能轻易让我紧锁的心扉敞开

你的言谈举止也能让我感受到你的威严

你的只言片语

便让我遐思无限，憧憬着和你真正在一起

曾经，也许是昨天

我还在默默地想着为你而改变自己

可心动和计划都还珍藏在心底

我就被迫离你而去

这一切的主动权都掌握在你的手里！

如今，说尽了千言万语

也说不出我的伤心后悔

看破了红尘新雨

却无法忍受你的转身离去

你主动放弃

似乎是因为你的窘迫配不上我的美丽

实际却是因为你喜欢她假情假意的妩媚

被困在她的诱惑里

在你迷人的气息背后

充满着对爱你的人的恣意玩弄和欺骗

并乐此不疲，只是把一切城府都藏在你隐秘的胸怀里

你嬉皮笑脸地向我抛出戏谑而不足挂齿的承诺

我却因此一直幸福，直到你转身离去

留在你所谓的不带走一片云彩的境地里

曾经誓要改变自己

想要适应你的脾气

一步步地走进去

才知道你设的是骗局

今天上网写诗放纵自己

是为了悼念内心的失意

让我带着最后的心痛

流完最后的眼泪

轻轻地放下你

笑着奔向久违了的新天地！

毕业骊歌

毕业季，毕业生们没完没了地和校园里的每处风景合影，和不同的人聚会，而离别的伤感在悄悄酝酿，在无能为力的事实面前再人多势众也无济于事。

在校园的大树下、曾经上过课的教学楼前、图书馆正门前高处的台阶上、雅致的红墙前、夜晚曾经在宿舍楼下与好朋友互诉衷肠时坐过的砖砌的短台阶上，以及牢牢地钉满一面墙，风过时荡漾起粼粼绿波的爬山虎等地方合影。给每一处风景、每一条街道，甚至连经常坐的公交车都留了纪念。

毕业生此时都不约而同地频频回首这段旅途最开始的地方和模样，回望一路走来的点点滴滴，希望看清这段旅程的全部。曾经信誓旦旦地承诺要竭尽所能地争取和挽留，可当真正面对分离时又不得不乖乖放手。尽力挽留着即将结束的缘分，争取在缘分真正结束前弥补遗憾，留下更多珍贵的记忆。

人面对离别就像穷凶极恶的歹徒仍负隅顽抗一样，无限拖延和挣扎，决不束手就擒。迫不及待地奔走相告离别即将来临的事实，到处合影留念、吃散伙饭、举办名目繁多的聚会、深夜的互诉衷肠、操场上的痛哭流涕、楼顶上的不醉不休。一波接一波的折腾都发泄不尽心中让人无法安宁的五味杂陈。开始时对这里毫不在乎，但在和它长时间接触后也会与它难舍难分，会情不自禁地在乎，会在离别的伤感阵阵袭来时无所适从，也会在各种告别仪式的渲染下变得怅然若失，茫然地徘徊好久才终于找到出口，便迫不及待地逃离。

毕业典礼仪式感满满，坐着大巴车集体出发，从开始出发到全部结束，像在经历无比冗长的一件事，让人觉得主次不分的是等待比经历更漫长，但身在其中看别人的毕业仪式时也心潮如细浪漫卷，旖旎不绝。过程太紧凑，留给回味的间隙就短了，回味也就仓促和肤浅了，但连同仓促的回味和无意间捕捉到支离破碎的光影终究亦会成为回忆的一部分，在心里原封不动地储藏很久，终有一天连这样难忘的一天也变得模糊，回忆起来费劲了，但目前还是不能马上忘得干干净净，还要在疲倦中不停地咀嚼。

对往昔的依恋和不得不各奔东西的伤感让人不知道该如何是好。回首过往难免有遗憾，青春的迷茫蹉跎让人欲罢不能。曾经以为漫长得不会结束的时光戛然而止，为没有勇敢努力抓住时光，无所事事而后悔莫及，但一切就这样结束了，最终以青春是一本装订得很拙劣的书来让自己释怀。拥有过极致的美好也留下了来不及挽救的深深的遗憾，这就是所有青春里的大同小异吧！为糊里糊涂的结束不甘，也为不知何去何从的处境焦虑；为无能为力的徒劳无功后悔，也为无动于衷的麻木惭愧。内心百味杂陈，但终究无能为力，只能被现实推着走一步看一步。只有失去了青春才知道那是别人羡慕不已的资本，也是即使你一无所有、平平无奇，他人依旧青睐你的理由。或许这就是青春无敌的应有之义吧！

年轻人啊，请珍惜你的青春吧！少一点无病呻吟的忧伤，大方勇敢地在人间烟火气里纵情享受被世俗仰慕的美好。因为过洁世同嫌，挑剔地筛选总徒劳无功，找不到完全符合条件的，就无法忽略心中的嫌弃，不得不屏气凝神地穿梭在世俗的烟火气里，凡事都有所保留，都刻意保持距离，置身人世间却为它的去理想化而耿耿于怀，于是心中的不得已在青春年少的心底化为浅浅的忧伤，而在黄金般贵重的青春时光里郁郁寡欢，少年老成。等真正走出象牙塔，在世俗里浸泡半生，对穷困潦倒、卑微迁就等状态和做法都习以为常的时候，曾经的洁癖也就不治而愈。

山野之春

铺天盖地的春潮涌动在无边山野间,一丝不苟地晕染着每寸土地、每棵草木、每寸光阴,让它们从冬日的沉睡中苏醒,从僵硬单调漠然中醒来,变幻出充满温暖和诗意,多姿多彩的新天地。

春日里的山花烂漫

一树树繁茂的粉红色、粉白色桃花杏花在辽阔荒芜的山野里鲜艳妖娆、艳丽绚烂地绽放,与无边荒凉裸露的田野和整体苍老陈旧破败的背景有天壤之别,却又那么相辅相成、相得益彰。一树树彩霞般缭绕的花散发着清甜的香气,诱惑着阵阵蜜蜂在花枝上飞舞,有的蜜蜂静悄悄地落在一朵小桃花上恣意嗅着花香,有的像走钢丝一样在细细的花蕊上不知危险似的来来回回地走。正午铺天盖地的阳光洒满无边无际田野里的每个隐蔽狭小的角落,不夹杂一片绿叶的树树粉红、粉白全部沐浴在这透亮的阳光里，真是"雾裹烟封一万株，烘楼照壁红模糊"。无论是深沟里还是陡坡上的花儿都被急匆匆，一时无从下手的蜜蜂包围着，发出繁忙又着急的嗡嗡声。

桃花杏花次第绽放的初春，田野里一派热闹繁荣的景象。满树繁密粉艳的花朵富丽堂皇到了极致，像过节一样短暂的几天里隆重奢侈到无以复加的地步。春风浩浩荡荡地吹遍这片单调的灰色地块，不规则的地块横七竖八地随意铺展着，彼此只在边角处勉强勾连拼凑成一面山坡，一片田地。

春寒料峭时，山野还残留着未退尽的经寒风沐冷雨的模样。光秃秃的山峰陡峭峻拔，干枯的树叶在风中荡着秋千，一副萧瑟的景象。在这样灰暗颓败消沉的背景里，只有粉红粉白的桃花杏花沐光而发，在山坡沟底、田间地头妖娆绽放。每寸春光都被这粉艳的花朵装扮得浪漫唯美，让人情不自禁地联想到了"杏花疏影里，吹笛到天明"的悠远淡然。

自在飞花轻似梦，无边丝雨细如愁

春雨贵如油，它不像秋雨那样连绵不绝，洪涝成灾，也不像夏雨那样电闪雷鸣，倾盆如注。春雨是诗意的渲染，点点滴滴，轻轻晕染，慢慢铺陈。是"深巷明朝卖杏花"里雨后清晨的清新、清爽、清静，是"渭城朝雨浥轻尘，客舍青青柳色新"里的拂去积尘，焕然一新的新气象、新开始。

清明前后，种瓜点豆，这时也正是种菜、栽葱、打理菜园的好时节，家家房前院后的空地里都要见缝插针地种上葱、蒜、大白菜、西红柿和辣椒苗。一场飘飘洒洒的春雨过后，土地松软又细密。既不干燥，也不泥泞，正适合播种。

春天是充满诗意的季节，充满惬意的时光。春花、春雨、春光，每一样都美好得让人无可挑剔，一齐出现时更是让人看不过来、形容不尽，既不能霸道地把它们全部占为己有，又不能收藏起来慢慢品味，只能让美好白白流逝，多么可惜惆怅又无可奈何啊，由花及人，更加悲不自胜。这便是古人不由自主地"伤春"的缘由吧。

要加快脚步努力

要加快脚步努力，才能赶在父母迅速衰老前尽孝，才不会有"树欲静而风不止，子欲养而亲不待"的遗憾。

要加快脚步努力，要赶在自己走投无路、受尽煎熬前做些准备，才不会有"天长地久有时尽，此恨绵绵无绝期"般的悔恨；才能与尚未年老、身体健康的父母和尚未因生活所迫身不由己的兄弟姊妹们共享幸福的家庭时光；才能安享柳絮飘飞、候鸟叫声婉转的初春光景和阳光明媚、万物欣欣向荣的夏日惬意，不被正在路上的离别惊扰、不被心如刀割又无处可诉的哀伤困扰，依旧坚守着不合时宜的执着，牢牢抓着微不足道的温馨不放手，不管不顾地贪恋着不值一提的安逸和远离尘世的喧嚣，隐居在乡村的单调日子以及面对万事万物时平静的心态，让以往稀松平常的一切都成了越长大越遥不可及的奢侈。

要加快脚步努力，才能享受秋月春风等闲度的自由。

明媚的阳光照着屋顶精致的红瓦，折射出一片灿烂辉煌的光影。房屋背后一排高出屋顶的洋槐树葳蕤的树叶，把这一切光景映衬得如诗如画般美好。你只需心无旁骛地欣赏此情此景，一心一意地沉浸在这醉人的时光里。

而不是把儿时轻而易举的拥有变成人生兜兜转转一大圈之后的奢望，把廉价得一文不值的东西变成昂贵的奢侈品。连常回家看看、欣赏家乡优美的田野风光和四季分明的景致都成了魂牵梦萦的渴望和刻骨铭心的乡愁。

要加快脚步努力，才有底气不用处处讨好别人，才能不被无奈的离别搅扰得惶惶不可终日，才能不因无处可诉的惆怅和无药可救的处境而无助绝望，才能不在残酷的现实面前变得卑微窝囊，始终有底气和定力做真实的自己！

山谷里的夏日风情

夏日正午毒辣的阳光一视同仁地炙晒着万物，无论是饱经风霜的沧桑老树，还是弱不禁风的嫩绿小草，抑或是农民悉心呵护的庄稼苗，它都是毫无差别地粗暴对待。刺眼滚烫的光从万里长空一路俯冲下来，居高临下地照遍地上一切隐蔽的角落，顿时让地上的万物彻底暴露，无处躲藏。

一条宽长幽深的山谷里长满茂盛的树木和野草，它们交织拼接成一张密不透风的大网罩住山谷，让人看不见谷底的面目和谷里每棵树的模样。

袅娜的柳树、笔直高挺的白杨树都在阳光的炙烤下静默着，无精打采地忍受着漫长毒辣的暴晒。当正被需要的风及时雨般穿过燥热的空气，掠过宽广静默的山谷，迅速拂遍所有的树梢时，无数叶子像突然被叫醒了似的，立即追着风跑。偌大的山谷瞬间泛起了一层层此起彼伏的绿浪，姿态万千的舞动有了万马奔腾的气势，风过后又全军覆没般偃旗息鼓、纹丝不动。万物的动和静亦千姿百态，动静只是分别囊括了它们最相通的姿态。

山谷里树木云集，遮天蔽日，因而常年密不透风、密不透光，谷底阴暗幽深的沟渠里浅静的水泛着斑驳，积水在阴暗潮湿、细长蜿蜒的水渠里悄无声息地变换着斑驳与澄澈。谷底也是许多吓人的野生动物集体出没的地方和共同的藏身之处，里面隐蔽又宽敞，黑暗又安全，让人心惊胆战的大蟒蛇和癞蛤蟆自由自在地穿行其中。

地面被各种茂盛杂乱的野草覆盖，当中有稠密喜阴的绿茸茸的"地毛毛"，还有细软黑厚的地皮草。尽管十分诱人，可谁有胆量为满足自己的好奇心，而去一探究竟呢？因为从不曾见过谷底真实的模样，所以人们肆意地把它想象得很凶险，很神秘，里面定有千年的长虫和恐怖的癞蛤蟆，它们都成精了，通人性，都能遵守人不害虫、虫不伤人的原则。

山谷深处幽暗隐秘，深不见底，因为无处下脚而不被人类接近。人们在强烈好奇心驱使下的欲罢不能，因为无处下脚而自觉地克制收敛着。也让山谷保持着永远的神秘，成为人们口口相传的神秘未知和没有谜底的谜语。

山谷被险峻的山崖包围，山崖半山腰有几棵粗壮苍劲的老杏树。它们历经几十载倚崖耸立的春暖花开，到夏天繁茂轻薄的叶片轻盈地凌空翻滚以及繁重的酸杏儿压枝低，再到杏黄时节半山腰诱人的大黄杏儿引来路人无数次冒险尝试都无功而返的誓不罢休和冬日里枯枝藏入崖怀的温暖踏实。

一条干旱时尘土飞扬的弯路从山谷旁向村庄的方向曲折延伸。农人们熟视无睹旁侧山谷的险峻幽深，从连绵盘桓的土路上气定神闲地朝夕往返。

多想有机会能心无旁骛地尽情欣赏山谷里的风景。看山谷万物在季节轮回里的悄然变化，欣赏惊艳时光的美景，尤其是夏日正午万物沐浴骄阳的千姿百态。看长风荡深谷、穿密林而过时掀起浩浩荡荡的一谷绿浪、一池碧绿的涟漪，看万里无风时目光所及皆纹丝不动的浩瀚。让大自然的宏伟壮观尽情涤荡心灵，是多么令人陶醉的享受。人要多么强大才能大方地宠溺自己，慷慨地满足自己所有天马行空的梦想，让每一个奢望都如愿以偿。

这无人能懂的夏日情愫是最难舍难分的依恋。

回头是岸

粉百合混着白百合插在透明的天蓝色玻璃花瓶里，青绿的花枝浸泡在清澈透明的水里，保障着枝头的花朵开到自然凋零所需的水分和营养。一束束的百合花引诱着一次次的流连忘返，让人终于狠下心把奢侈的插花当成永远的爱好，一朵朵鲜嫩的花苞接力绽放的过程始终美好如初。看不够粉红纯白花朵迷人的模样，闻不够清新淡雅的清香。

花尽管枯败了，成了干花，但却依旧保持着花朵绽放时的美好容颜，成为人们永远的观赏品。干花的颜色也由鲜艳的红、粉、蓝，定格成单一灰败的色泽，让它永远保持着迎合的姿态。

固执地认为，鲜花永远比干花更胜一筹。直到发现了两者更深层次上的势均力敌后才有所改观。

鲜花从色泽鲜艳到形色枯朽，人们对她的态度也从因她美得不可方物而对她的殷勤珍视、小心呵护到她逐渐凋败时不露声色地嫌弃和懒洋洋地怠慢，直到最后因为对她不堪入目的缓慢凋谢的模样的厌恶所以毫不惋惜地丢弃，这样的过程周而复始地循环。由此才意识到鲜花也高明不到哪里去，同样落得"以色事他人，能得几时好"的结局，人们对鲜花短暂的绽放过后，漫长的凋零枯败的过程一样既迁就又隐忍，并没有永远地宠爱和珍视。

相比之下，干花却可以永久封存最美的瞬间，让人不用担心美的稍纵即逝而必须抓紧时间欣赏，也不必因为忘记关注和辜负短暂存在的美而愧疚和耿耿于怀；干花可以把短暂的美丽定格成永恒，让人在美丽稍纵即逝的措手不及面前没有任何的后顾之忧。所以，放下对鲜花的执念，才能发现干花的美，才能获得更多欣赏美的机会。

人也只有放下不合时宜的坚持，放弃比登天还难的目标和即使竭尽全力也难以走完的路，即便它就在脚下，也不要固执地抓住不放，上演夸父逐日的悲壮，才肯与自己的平庸和面对现实时的无能为力和解！

在干瘪的现实里，美好虚幻的光明前景总是撩拨着蠢蠢欲动的心，让人以为有盼头就可以扶摇直上九万里，远离不愿面对的现状和生活中的无奈与辛酸、痛苦和绝望。于谈笑间既满足了心的急功近利，又没有了后顾之忧，让你可以从此高枕无忧。

人之所以痴迷于这样虚幻的美好，在虚拟的幻境里喜怒无常，久而久之与疯魔无异，就是因为现实中的走投无路让人煎熬到怀疑人生，于是开始迫不及待的逃离。

人只有放下牢牢攫住心灵不放的执念，让自己喘口气缓缓神，并从点滴开始，力所能及地争取和努力，才能逐步走出困境，拥抱梦寐以求的新生活。

午夜说晚安

夏日午夜，狭窄闷热的出租房里又脏又乱、又热又吵、又烦躁又压抑，比房间的炎热压抑更让人难以忍受的是前后左右无休止的嘈杂和干扰，让人心神不宁，燥热难耐。一个人独处的时间里，除了睡觉，什么也不想干。

地上到处是一层很牢很厚的油腻黑垢。捡便宜从网上淘来的摇摇欲坠的晾衣架上挂着几件宽大肥厚的棉衣，剩余无处可挂的衣服就揉成团，堆在塞得鼓鼓囊囊、东倒西歪的纸箱子上面，不堪重负的纸箱子在勉强支撑着。

简约文艺的白色皮座椅边角狭长的缝隙里渗进了鲜红色的辣子油，显脏又显眼。她用湿抹布三番五次地使劲擦拭，擦不干净誓不罢休，但无论多么奋力擦拭都无济于事，椅子依旧又脏又旧，再也回不到当初的洁白如新。

床上两个扁塌的枕头让即便困得不行的人看到它瞬间便没了睡意，清醒得一激灵。她不到万不得已决不去倚靠它。一床轻薄的虾粉色夏凉被皱巴巴地挤成一团堆在偌大的床上，显得慵懒颓唐。

出租屋本来就小，一张床就占去了绝大的空间，余下的都是支离破碎的边边角角。唯一有利于平心静气的是淡雅的浅蓝色床单，尽管床尾总有连续几道沟壑纵横的大褶皱，但浅淡的蓝总能安抚心中些许躁动不安。

床底下、四面墙角里堆放着积攒的快递包装盒，全部留着没有扔，是因为搬家的时候还要原封不动地装原来的东西，现成的原包装总比临时将就的好多了，正所谓有备无患。生活经验让人不敢任性地一扔了之，只能隐忍地把一切包装纸盒都留着，连超市里的塑料袋都始终保留着。各种物品都挤在狭窄的地方，简直就是乱上加乱，屋内仅剩的空间就是通往厨房、卫生间时仅容侧身通过的小道了。拉上和一面墙一样宽大的厚重的遮光窗帘，小屋的晨昏界限就彻底消除了。

周末不上班，她就戴上耳塞不吃不喝、翻来覆去地躺一整天，梦里迷迷糊糊，醒来后一动不动地沉浸在梦境中久久回不过神，依稀记得梦里无法挣脱困境的焦虑心境。白天在昏暗凌乱噪声不断的房间里睡到天昏地暗，夜晚熬夜到凌晨困得头皮发疼也不舍得睡去，在明亮的灯光下不紧不慢地写着心中的点滴。

洗衣机里哗啦啦的水声和紧随其后的嗡嗡声让人熟悉到不去看洗衣机的面板就知道正在进行中的洗衣流程，衣服清洗结束后许久才慢慢地一件件挂完，再去收拾睡觉。毋庸置疑，明天又是昏昏沉沉、在困顿中煎熬得等不到天黑的一天。人压力越大就越颓废，甚至堕落到无可救药的地步。

每当这时，她都会情不自禁地想象理想中的生活。好想拥有一间宽敞明亮安静、有柔和的光影和雅致的家具的房间，可以让人细细地品味悠长恬静的夏日时光，无欲无求、无所顾忌地沉醉在这样的时光里。但她立马清醒地意识到这是一地鸡毛的现实所支付不起的奢侈，光幻想一下都显得高攀不起。

相见不如怀念

与父母在家相处的时间最好不要太长。哪怕没回来前思念成疾，望眼欲穿。回来后照样没几天就和父母闹得势不两立，如仇人相见分外眼红般到了互相不能容忍的地步。尤其当你情绪不稳定、烦躁易怒的时候，听到他们在鸡毛蒜皮的琐碎事情上喋喋不休不依不饶时，就觉得他们简直不可理喻到令人发指的地步。

之前想疯了的家也顿时变得面目可憎，让人忍无可忍到厌弃，漫无边际的日复一日的单调让人绝望。但即便腻味疯了，你也不敢轻易尝试改变，因为他们从不觉得腻。对你的新尝试不但不稀罕不鼓励还只许成功不许失败，否则正好有理有据地责怪你异想天开。

所以，人长大后要尽量少回家，在家待的时间尽量短一些。所谓"梁园虽好，不是久恋之家"。因为时间一长，就难免和父母矛盾重重，相互厌恶，久而久之也会觉得老家交通不便，环境闭塞，干啥都得顾及别人的眼光，无处不在的羁绊束缚着人的手脚，只剩下按部就班地入乡随俗，活成和别人一样的人生，然后方可理直气壮地混吃等死，便无人可以干涉你的"自由"。当终于臣服于世俗的虎视眈眈和觊觎后，你也会不甘于这样委曲求全地活着，觉得自己很窝囊、很没出息，仇恨别人也同样鄙视自己。不甘心就此了却残生的念头在无动于衷中逐渐消磨。

同时，自己也实在做不到自律，明明是想疯了想要得到的生活，却依旧无法为之努力拼搏。在无可救药的堕落中醉生梦死地沉沦，只有仅剩的清醒在负隅顽抗。摒弃痛苦，恣意地享受，怀着愧疚，贪婪地沉醉。再回首，一切已变成惨不忍睹的现状和生不如死的煎熬，让人后悔莫及曾经的委曲求全。事到如今，与其徒劳无功地折腾遭罪还不如顺其自然地随遇而安。

这也许就是所谓的相见不如怀念吧！

致青春

　　五月，轻柔的风吹皱了小湖清凉的回忆。湖面上平铺的莲叶舒展着所有的边边角角，荷叶也抖擞着精神端着大脸盘子在微风中娇憨地摇曳。就连湖边的小板凳也在沉默中慌忙地收藏着过往的点点滴滴，想把过往的痕迹都记录在自己的身体里。四楼图书馆的窗外在风中摇曳的树叶触手可及，校园里的花草树木都热情洋溢地向过往的行人打着招呼。一切都还是最初的样子，就和刚来的时候一样，仿佛四年的时间只是轻飘飘地逝去，没有留下一丝痕迹。来的时候没有惊喜，走的时候却有留恋，自己在这些日子里蜻蜓点水般地走过，没有来得及体会到它们的滋味，一切就已戛然而止！

　　离开的光景怎一个无奈、一声叹息可以概括，一个人浑浑噩噩地度过这么多日子，如纸屑一般可有可无，所以也就没有资格去痛惜逝去的日子，只能痛恨自己的茫然。在岁月里麻木不仁到无动于衷，把最期盼的日子囫囵吞枣地消耗掉，只留下一些支离破碎的记忆。淅淅沥沥的雨天里，雨中葳蕤的树叶和湿漉漉的心情；太阳伞下闷热的空气，正午耀眼又热气逼人的草地，都成了完整地保留在心底无法忘记的经历。记忆里原封不动地保存着过往，自己成了被迫日复一日跨过日子门槛的行尸走肉。心如三月的春帷紧掩，在这段陌生孤独的生命旅途中，自己只是个懵懂茫然、麻木狼狈的过客。

刚开始对这里不屑一顾，以为走的时候肯定会头也不回地离开，殊不知真正离别时却仓皇又惆怅，说不清是害怕面对未来还是舍不得离开这里，是胆怯还是依恋。总之四年的时光就这样在不经意间结束了，曾经被所有人一致强烈吐槽的生活和地方却成了生命中的唯一，哪怕再平凡黯淡、低调无华，它们都是我生命中的唯一，值得一开始就好好珍惜。

每周晚上一节的应用数学选修课，选课的却都是音乐学院、文学院的学生，上课的人总是寥寥无几，课堂上没有课本，也不记笔记，每次和舍友去都只带一本杂志，明目张胆地放在桌子上看。一次晚上下雨，上课时只来了八个人，便和舍友将之调侃为八大金刚。老师的口头禅是永恒不变的一句"这又是一个活生生的例子"，用以说明凡事都是应用数学的例证。

往事一幕幕都还历历在目，而这一切马上就要结束了,一直以来作为吸引人奋进的诱饵的生活在现实中竟这样不尽如人意,在不经意间仓促草率地一闪而过,就彻底结束了。不由得想起"青春是一本装订得很拙劣的书",经历后才知道的确如此,回首处净是无法弥补的缺憾、千疮百孔的漏洞和无济于事的补救!

对这土地爱得深沉

农民天天操劳的大事无非是地里的两垄葱还没来得及施肥，叶尖就要变黄变干了，以及几亩小麦快要开花抽穗了等微不足道的"小事"。让他们喜笑颜开和津津乐道的是庄稼的喜人长势。他们如数家珍地说着各个地块分别种着什么庄稼、长势如何，以及未来三五年的计划。

尽管没有朝九晚五的纪律约束，他们却比被人时刻监管着还自觉地严格遵守时令，自觉起早贪黑、加班加点不误农时。没有人时刻提醒和耳提面命地督促他们，他们也总是按时去地里干活儿。做不好也没有谁指责怪罪，明明可以肆无忌惮地偷懒耍滑，他们却比任何人都更严格地要求自己，努力把问题考虑得周全，避免出现任何差错。而他们努力从大局出发去考虑时露出的认真、难得严肃的神情，让人觉得可爱又可敬。

他们一年四季早出晚归，比上班打卡还准时地去地里劳作，铲锄一茬接一茬比有意种的庄稼还稠密茂盛的野草，猫着腰在被长窄的、横七竖八的玉米叶子所占剩下的垄距里铲草松土施肥。每样活儿都重要得不敢懈怠，每一种庄稼都不敢怠慢，每一个环节都不敢疏忽，都要一视同仁地重视和慎重对待。他们把微不足道的东西慎之又慎地考虑和对待，牵肠挂肚地关注和呵护。

农忙时节，他们总要在地里忙到很晚才回家。精疲力尽地回到家中，匆忙地吃完饭，潦草地短暂休息后又马不停蹄地去地里忙活。他们没有哪天不去地里干活儿，除非下雨天地里湿滑，怕把土壤踩踏得板结才忍着不去；除非是冰冻三尺的寒冬腊月才会心安理得地闲在家。即便是迫不得已的短暂休息，他们也难免着急，迫不及待地想去地里看看庄稼长势如何，盘算着还有哪些零碎活儿没干，比如挖田埂，改水路，所谓"天晴改水路，无事早为人"。他们需要在雨季来临之前提早收拾好各个地块的水路。哪些偏僻的驴耕不到的犄角旮旯还需要挖一挖，哪块儿荒草还没有拔光，哪里袋子宽的垄距还没有种上，把这些在别人看来不值一提的琐碎农活儿日日记挂在心上，从不敢忘记。反复掂量着怎样把鸡毛蒜皮的零碎事合理安排，既不遗漏，也不偏颇。为这些琐碎的事操劳得心力交瘁，成了名副其实的"衣带渐宽终不悔，为伊消得人憔悴"。

他们无时无刻不惦记着地里的庄稼，几天不见就像得了相思病一样煎熬。他们似乎不适应长时间的居家生活和无所事事的状态，日复一日早出晚归的生活模式、一年四季紧张忙碌的节奏已经固化了他们的作息。他们习惯了长期艰辛的劳作和偶尔的忙里偷闲，不会心安理得地拥有和尽情享受长时间清闲无事的日子。长时间在家无所事事会让他们按捺不住焦躁，在猝不及防、意料之外的清闲安逸面前变得惶恐不安，不知如何安排，怎么消遣，以致在不知所措中郁郁寡欢。甚至会抱怨为什么会平白无故出现这样的难题，一如既往按部就班的节奏哪里去了？忙得焦头烂额才活得心安理得，农民像鸡一样，是一辈子用爪爪刨着吃的命，他们调侃自己上不了台面，一辈子的劳碌命，一闲下来就生病。

其实他们哪怕在家也没有闲着，女人要做缝补清洗的活儿，每天清早起来清扫偌大的院落，再逐一收拾每个房间，叠被、扫地、擦桌椅，日复一日地重复却从不埋怨生活的单调枯燥，自律到没人苦口婆心地说教就心甘情愿地信服先苦后甜、苦尽甘来和珍惜眼前的道理；男人会挑着一担担脏水到远处的水渠倒掉，再吸着烟悠闲地做一些杂七杂八的零碎活儿。

不去地里，一家人在一起的时光也很难得，因为忙碌得鸡飞狗跳的日常里很少有这样惬意悠闲的时光。

离家难

离家前的最后一天，人无时无刻清醒地感知着所剩无几的美好正一刻不停地匆匆流逝的惶恐无奈，即便迷迷糊糊地睡去，梦里也是数不尽的惆怅。哪怕让自己忙得停不下来，无暇顾及眼前，也依旧摆脱不了焦虑的困扰。就算一门心思地抵御各种困扰也依旧惶恐不安，生怕这最后的安稳一不小心就消失得无影无踪，让自己悔恨不已。离别的五味杂陈真是才下眉头，又上心头。此恼无计可消除，唯有默默忍受挠心的折磨与煎熬。

于是离家前的最后一天就在坐立难安的惶恐中被消磨掉，悔恨好好珍惜都来不及的好时光就这样被糟蹋了。最后一天无论如何都不能安然自若，始终被无法按捺住的惶惶不可终日干扰着。无论怎样提前演习应对离别的心境，以便更好地享受当下，但当最后的时刻真正来临时，还是免不了魂不守舍的恐惧。明明大势已去，却舍不得放手；明知无能为力，却还是一味自责没有竭尽全力。在绝对的无能为力、大势已去面前，卑微的贪恋和无济于事的求饶让人更加绝望，像平日里看淡生死的死刑犯临行刑前本能的贪生怕死、惶恐不安。离家时的心境竟然和死刑犯临行刑前的心境如出一辙。一个人默默忍受着诚惶诚恐、魂不守舍的煎熬，被不可抗拒的恐惧支配的每分每秒都漫长难熬，巴不得离别乘人不备、猝不及防地到来，以迅雷不及掩耳之势结束这惶恐不安的等待。明天这难耐的煎熬就要结束了，但结束前的每分每秒都让人忐忑不安。

离别不过意味着一路的奔波和彻底结束当下安逸的生活，但好像离别当天的日子多么不同寻常一样，可怕得让人不敢面对。不就是要早早起床，一路奔波去一个死活都不想去的地方，面对那里让人头痛的人和事。因为第二天要早早出发，所以前一晚都不敢放心地睡去。生怕剩下的时间趁自己不注意溜走，让自己直面离别。清醒地感知着时间一分一秒地流逝才有安全感，与枕戈待旦有异曲同工之妙。

第二天早上，当院子里还是一片漆黑时，房里已经灯火通明，亮得和黑暗泾渭分明，在睡眼蒙眬中打着哈欠穿衣服，一晚上失眠到只睡了四五个小时，现在困得只能闭着眼睛胡乱往包里塞乱七八糟的东西，钥匙、充电器、晴雨伞……每次离别出发的情形都如此相似，同样有惊无险，同样仓皇和狼狈不堪。出发后轻手轻脚地在黑暗里摸索着，生怕打扰了这沉睡中的无边漆黑，胃里翻江倒海吃不下任何东西，也顾不上好好道别，就仓促地上路了，黑暗中爸爸在后面护送着，父女俩悄无声息地走完临上车前的一截路。

孤零零地停靠在路边的出租车在专注地等待着，在有限的时间里对所有人都一视同仁，这趟旅途一开始就要无丝毫的闪失才能保证顺利到达。尽管从来都有惊无险，却每次都如临大敌。提前一天叫好去县城车站的出租车，天还没亮就出发，到车站勉强赶上大巴车，又要经历四个多小时的大巴车程才到目的地的边界。一趟趟转车，一次次争分夺秒地追赶，一路义无反顾地奔波，只为到达一个目的地，这一举动有点黑色幽默的意味。

人到中年才真切地体会到走投无路的尴尬、活得身不由己，迫不得已的离家过程真是让人欲哭无泪。终于明白懂得选择自由才是人生最伟大的自由，是付出多大代价都值得拥有的资本，只是等懂得的时候已经来不及争取了。

长恨歌

  耀眼的阳光、宝蓝色天空、洁白膨胀的云朵、田野里偶尔传来的婉转清脆的鸟叫，这些美丽季节容颜的转瞬即逝让人意识到岁月不饶人的残酷绝情。时间总是悄无声息又永不停息地流逝，季节容颜的准时变换和候鸟的按时出现是大自然的温馨提示。如母亲焦急地暗示和无声地催促，她的背影和行色匆匆无一不流露着按捺不住的焦虑。
  一年一度的四季交替和万物更新，反复搅扰着在时间里沉淀得稳稳当当的厚重的情绪。搅浑了的乱哄哄的一窝蜂似的情绪需要很长的时间、很大的定力才能慢慢归位，重新恢复平静。人也被这天翻地覆的搅动摇得晕头转向不得不闭上眼睛，一动不动地等待着天旋地转的眩晕结束。
  走投无路的心酸隐忍与无边痛苦如影随形，让人在最珍贵的青春年华里过得最卑微将就。无可奈何的疾病一步步摧毁了高傲的心，牢牢绊住了迫不及待追梦的脚步。一直不愿接受命运的安排，不愿随遇而安，始终期待着有朝一日能梦想成真，希望重新拥有健康。不遗余力地拼过一回才能死心，才能认命。但即便这样本分的愿望在病魔无所顾忌地拖累干扰下一再地让人失望绝望，直至变成奢望，到最后不再相信自己还能重新拥有健康。

多少励志的故事和激励人心的座右铭，关键时刻也成了死无对证的谎言。现实已然没有任何值得继续坚守的理由，只有心固执己见，油盐不进，在屡战屡败中百毒不侵，坚决捍卫着自己的誓言。单凭着虚幻的信念的力量支撑着自己，在接踵而至的摧残、流言蜚语的困扰、家人苦口婆心的说教等艰难苦恨共同汇成的汪洋大海中，如一叶扁舟般不知所措地彷徨、不着边际地漂荡。此时心中不由自主地生出一个疑惑：日已暮，何处是归程？

冬　扰

　　初冬的阳光稀薄到捉襟见肘的地步，勉强够洒到田野里的每个角落和连绵不绝的山脉以及隐匿在树林幽深处，可沿任意方向延伸的乡间小道。

　　傍晚时分，公路上驶过一辆接一辆的时风拖拉机，偶尔夹杂着一辆黑色的私家车。家家户户挤在一起的村庄深处，响起阵阵密集的鞭炮声，连续的鞭炮声触碰到山崖的回响，烘托出一呼百应的效果。声声炮响营造出浓厚的年味，是盼回家盼团圆盼欢天喜地的好时光的写照。一边是对尽情享受美好生活的渴望，一边是卧薪尝胆的奋斗。厚积薄发前只有不遗余力地争取和准备才能不辜负千载难逢的机会。无暇顾及年关临近，依旧争分夺秒地忙碌着，新年氛围的极度渲染也羁绊不了奔波的脚步，一年四季围着农活儿转，面对残酷的生活没有机会矫情和伤感。

　　冬日是农民难得的安稳闲适的时光，人们只偶尔不慌不忙地干些杂活儿。冰雪初融，被雪水泡得湿软的土墙头上细短枯黄的杂草在淡薄温凉的夕阳中轻缓地摇曳。薄薄的初雪残留在阴面的屋顶瓦脊上，后院和打麦场里圆滚滚的麦草垛憨憨地矗立着，横七竖八的硬柴上和柴火堆的缝隙里都落满了雪。如丝线般焦黄缠结的玉米线东一撮西一绺地挂满堆得乱七八糟的柴火堆。

她好想和小时候一样跟着妈妈做家务，坐在灶房门旁吃妈妈做的每顿饭的第一口饭菜。那时候和妈妈在一起没有任何不和谐，总是其乐融融。长大后因为各种原因，母女俩在一起的时候总是吵吵闹闹的，发展到后来的如仇人相见般分外眼红。母亲有她刻不容缓要完成的使命，满怀希望的期待不该被辜负，所以不遗余力地催促子女严格按照她的规划去执行，但子女自有不愿屈服的理由。

所以，岁尾年末的时候她就格外紧急地催促，格外咄咄逼人到不近人情。一直以来她只顾催促子女赶快行动，却全然不顾他们现在的生活和处境，从不问他们坚持的理由和想要实现的愿望是什么，只是野蛮地横加阻挠他们实现愿望的脚步。而子女也同样坚持不完成自己的愿望、不达到自己的目标就决不将就地开启新的生活。成家立业便成了她的口头禅，也成了孩子们最忌惮的话题。这就形成了恶性循环，她催得越厉害、越不留余地，孩子们越觉得她不可理喻，对她唯恐避之不及。刻不容缓的事反倒成了哪壶不开提哪壶的忌讳。她也学会了软硬兼施，一边蛮横无理地横加干涉，另一边哭哭啼啼地抱怨，不承想自己多年来的艰辛不易换来的是儿女的不体谅不争气，没有让她如愿以偿，能像同龄人一样炫耀儿女的功成名就，从工作到家庭没有一样让她有机会感受到高人一等的快感。一直以来的隐忍和等待让她忍无可忍，心中的怨气堆积如山，倾诉起来就没完没了，只能靠动辄哭闹和唉声叹气、忍无可忍的嘲讽挖苦来泄愤，让人闻风丧胆。

尽管不遗余力地催促无济于事，但她依旧不知悔改，一如既往地坚持着这种错误的做法，变本加厉地加大执行的力度，坚信越努力越成功，坚信这种做法一定会让她得偿所愿。所以，家也慢慢地因为乌烟瘴气的气氛而让人望而生畏，成了有家不能回，回了也白回，只能徒增伤感的地方。所以，就出现了子女人到中年连过年都"无家可归"的现状。

整日阴沉的天气，灰黑色的田野，悄无声息的村庄，立冬前橘红色光芒的太阳如今成了一个收敛起所有光芒的小小的纯白色圆圈，才下午四点就躲进云层不见了，看不到色彩瑰丽的夕阳余晖和夕阳以笔直的地平线为参照缓缓西沉的过程中每个瞬间都壮观美丽的景象。

偌大的田野里没有了昔日遍地绿油油、满坡金灿灿的景象和山坡树林里姹紫嫣红开遍、万物欣欣向荣的热闹繁华，只有若隐若现的与赤裸裸的大地融为一体不辨形状的枯黑色，直到大雪覆盖了田野村庄里一切隐蔽幽深细微的角落，天地间唯余莽莽。

心情也跟这天气一样低沉压抑无趣，空气仿佛被压抑的氛围禁锢了一般沉重迟缓凝滞，在苟且偷生的夹缝中生存让人窒息但又本能地厚颜无耻地贪恋着微不足道的安全感。不得不与长期在这种状态下生存积攒的卑微、凄楚、惶恐不安、胆怯和解，继续若无其事地生活。

秋日诱惑

好想当个放羊娃，每天赶着一群羊在从早晒到晚的荒地里靠着土墙晒一天太阳，看一天野外的风景，昏昏欲睡，不孤单不寂寞、不担忧不焦虑，恣意享受惬意的时光！

人生得失最终都差不多，表面上的风光和实际上的煎熬与表面上的捉襟见肘和实际上的潇洒，看似天壤之别，实则不相上下。可怜人不一定是表面上活得艰辛的人，表面上光鲜体面的人不一定真的幸福快乐，他的人生也不一定更好。

但要明白这个道理只有置身于秋意阑珊的天地间，四周被茂密的野蒿子包围着，尽情地感受着沁人心脾的秋韵时才可以。原来行人络绎不绝的小路上现在也人烟寥寥，因为不用戒备和警惕别人的嘘寒问暖，所以身心舒畅，轻松自在。

终于来到了魂牵梦萦的地方，看到了咀嚼过无数次的记忆中的模样。那色彩斑斓的景象、悠远绵长的韵味成了出门在外的人无论经历多少世事纷扰都刻骨铭心，多久都无法忘却的记忆。

家乡就靠着这点好处和甜头哄着在外漂泊的游子一有机会就不计长途跋涉的苦不堪言，以及回来后无时无刻的忍气吞声，始终义无反顾地奔赴。

尽管回一趟家有这么多的困难和顾虑，但因为贪恋秋日田园醇厚的秋韵，就不害怕面对沸沸扬扬的流言蜚语和那些一见面就开门见山，哪壶不开提哪壶的人，依旧鼓足勇气义无反顾地回家。不出门的时候就悄无声息地窝在家里，对家人言听计从，一心委曲求全就只为有机会恣意欣赏这让人如痴如醉的斑斓秋色。

随 感

花儿的叛逆

花谢和花开一样要经历漫长而缓慢的变化过程，花开因被满心期待而更加耐心和包容。不承想花谢的过程也不容一丝仓促草率，把缓慢凋零时的破败赤裸裸地暴露在众目睽睽之下，不动声色地把惨不忍睹的模样光明正大地呈现出来，这是一向娇羞和被宠溺的花儿出其不意的果敢和叛逆。

涅 槃

一个人能把与不善待他的人的关系维持和谐，把来者不善的虎视眈眈和处心积虑的暗算都恰到好处地挡回去，像打太极一样圆滑而有力量，让他们无计可施，这是才能。

但心里终究不畅快，对他们背后的恶意心知肚明，时刻准备着一有机会就头也不回地离开，让剩下的人呆呆地留在原地不知所措，慢慢思量这场没有硝烟的战场上的血雨腥风。精力充沛、闲得无聊的他们定能从蛛丝马迹中搜集出有用的情报线索，总结出让他不满的原因和决定离开的前因后果。而后进行短暂的自省和为数不多的忏悔，把一切功过得失留给他人评说，而当事人已经迫不及待地步入新生活了。

成年人的无奈

成年人的无奈就是无论处境多么不堪，也要若无其事地按部就班。明明生活的负担让人焦头烂额，根本无暇顾及虚伪的客套，却依然得保持一贯的礼貌得体。无论心底多么不认可某些人自恃英明的决策，表面依旧殷勤地附和赞同，在日复一日的黑白颠倒中自欺欺人。

生活教会的

一个人只有亲身体验了别人的冷漠无情和被无视被拒绝的滋味，经历了被平日里笑脸相迎、一起吃喝玩乐的人在关键时刻的背叛，才会确信任何关系都经不起考验。

只有经历了穷途末路绝望无助时别人冷漠无情的残酷事实后，才终于明白只有自己才能拯救自己的道理，才会彻底对各种关系心灰意冷，才能狠下心以同样的冷漠无情、无动于衷对待他人的苦难。

遇到了难得的有魅力且主动关心善待他人的人，却发现他在关键时刻对他人的处境置若罔闻，只知道想方设法地替自己周旋，毫不掩饰地选择明哲保身，当有惊无险地脱离苦海后无须解释也毫不愧疚时，自己也终于能脸不红心不跳、大方主动地争取自己的个人利益了。

枷锁是束缚也是保护

长大后终于过上了小时候奢望的午夜说晚安的生活。随心所欲地熬夜，第二天困得等不到天黑，晚上又清醒得睡不着觉。这样的恶性循环周而复始，风火轮般无法停止，久而久之，最初的随心所欲变成了沉重的镣铐和禁锢的枷锁。

论呈现视角的重要性

花团锦簇的繁荣背后可能是一段极其伤感和不堪回首的岁月。

吃过的苦是人生最好的调味剂

人需要在寂寞中等待,在痛苦中守候,经历了生活中的风雨兼程,就会迎来阳光路上的灿烂和笑容;接触过迎面而来的冷漠与不屑,就会与生活中温暖与安宁靠得更近;有了茫然、胆怯与卑微的心路历程,再陌生的环境、再冷漠的人群都会淡薄得如烟如雾,让你能够做最好的自己。

慷慨地分享

经历了结婚生子的闺密们迫切需要在夜深人静、灯火阑珊处找一家僻静的火锅店,锅里高汤红油的猛烈翻滚,热气蒸腾到看不清对面人的脸,大家边尽兴地吃,边忘情地聊,把初次经历生产时的紧张恐惧与刻骨铭心的疼痛阴影在毫无保留地互诉衷肠中消除干净。

磨难与辉煌

只有父母舍得把珍贵的生命时光花在耕耘贫瘠的土地上,以获取微薄的收入供子女追求奢侈的梦想。心甘情愿忍受一辈子捉襟见肘的窘迫和人微言轻的卑微,在穷困和磨难中蛰伏，以换取让子女出人头地、飞黄腾达的机会。

一年四季风里来雨里去的辛苦劳作，一日三餐一成不变的粗茶淡饭，都是周而复始的平平淡淡。被琐碎的鸡毛蒜皮和没完没了的庸庸碌碌残酷地消磨生命，从不曾体会恣意放纵和尽情享乐的滋味。无怨无悔地虔诚经营着惨淡的人生，换取子女追求他们所渴慕的人生的资本。让子女踩着他们瘦弱的肩膀去眺望远处的风景，去获得他们仰望的人生。

他们甘心为了子女一辈子俯身劳作，把自己赤裸裸地暴露在这世俗里，没有清高和矫情的资本。一生蜗居在社会最底层，不遗余力地摸爬滚打只为让子女有机会体验他们的生命里可望而不可即的奢侈，所以，父母是子女登高望远的天梯。

他们卑微的一生里，对谁都毕恭毕敬。任何时候没有锋芒毕露的棱角，处处谨小慎微，对谁都客气地笑脸相迎，唯独毫不顾及自我的感受，唯唯诺诺地活着，从不曾不计后果地放纵潇洒过。到最后，子女也无法向他们分享他们用一生的努力铺成的道路上的奇观异景和他们无法想象的异域风情。好像只要让子女到达目的地就完成了他们终其一生的伟大使命！

选择自由

一个人哪怕没有快乐的童年也好过有一个卑微无奈、走投无路的中年和处境凄凉又无能为力的晚年。

标本兼治

久而久之,自己已不再盲目崇拜一场说走就走的旅行,如果结束后依然要面对隐忍煎熬、痛不欲生的生活,还不如关门闭窗地休息几天,休养生息后再继续,养精蓄锐后再出发。

不希望我的幸福吵到你

我想在锣鼓喧天里与众人分享忧伤,然后一个人一声不响地独享快乐。

诱　降

成年人的世界里到底有几许欢乐,几许无奈,又有几分真几分假?

他们肩负着上有老下有小的负担,生活的拖累让他们往高处走比登天还难。尽管条条大道通罗马，但现实中却处处走投无路，忍耐就成了永恒的法宝。放弃挣扎顺其自然地走下坡路却水到渠成般轻而易举，甚至因为被众人理解而没有成为众矢之的，少了流言蜚语缠身的烦恼，便可以光明正大，再也不害怕人多势众的无形刁难。但当走下坡路遇到困难时，照样没人帮你。众人只会庆幸你终于和他们一样了，你再也不是他们的威胁，也就自然而然地不再关注和好奇你的生活。让你有了一种希望落空和被欺骗的感觉，就像当初双方信誓旦旦的承诺没有兑现一样。你一旦归顺后就不再被重视了。

从容不迫是必备的修行

处世久了就不再被虚张声势的来势汹汹裹挟，若无其事地见怪不怪，视而不见地无动于衷，泰然自若地专注于眼前的事情。

不怀好意的希冀

精致的利己主义者都明智地选择明哲保身和隔岸观火，却指望那些明明已经伤痕累累、自顾不暇的可怜人颤抖着双手去缝补人世间的破破烂烂和千疮百孔。

"乌托邦"里的众生相

心照不宣的集体沉默是声势浩大的纵容
也是不堪重负的压迫

众人不约而同地对世俗认同的做法心照不宣地恭维迁就，对不赞同的行为不露声色地伺机打压。在生活的方方面面进行锱铢必较的攀比，明明自己可怜卑微到了尘埃里却自觉地维护恃强凌弱、欺软怕硬的所谓法则。时而在恶人面前老实巴交乖乖臣服，时而在与老实人的相处中鬼鬼祟祟、狡猾奸诈，在人的善恶两面性之间娴熟切换，一切抽象隐晦、让人忌惮的生活法则应有尽有地存在于农民简单的光阴中，他们对一切道德和规矩的捆绑束缚没有非议的勇气，只能不遗余力地去遵守，一旦忤逆就诚惶诚恐地自我怀疑和否定。

流言蜚语的困扰和人情世故的枷锁成了生命不能承受之重

动辄沸沸扬扬的流言蜚语让人闻风丧胆，更让当事人自惭形秽、耿耿于怀。明明一地鸡毛的生活里谁都没有高高在上俯瞰众生的资本和理由，却谁都不放过任何一个对他人落井下石的机会。微不足道的差错明明可以忽略不计，完全没有穷追不舍追究到底的必要，朴素随意的生活根本没有必要上纲上线，他们却依旧毫不懈怠地演绎着复杂的人情世故，让它成了生命不能承受之重。

在农村，势利的贫富强弱等级照样不容僭越，反而因为人们的有意维护和世代传承变得更加牢固和坚不可摧。所以当你不堪一击时还轮不到厉害的人欺负你，欺软怕硬的人早就对你下手了，这更让人觉得屈辱。

人们之所以讴歌和赞美农村田园牧歌式的生活和农人朴实可爱的品质，只是因为距离产生了美。身在其中的当事人也有诸多迫不得已和苦不堪言之处。他们因为不会精明地算计和被人称颂的憨厚老实的品质而让出门在外的日子寸步难行，捉襟见肘的生活也让人忧心忡忡。生活的幸福感来源于没有后顾之忧，而不是靠一味不在乎的态度来宽慰，通过别人虚无的认同和无足轻重的赞美来满足虚荣；农民看似过着随意潇洒的生活，没有压力，没有复杂的人际关系，然而其中的无奈煎熬只有他们自己知道。毕竟这样的生活不是源于主动选择，笑容只是生活态度，并非真实的心境。

认为农村是世外桃源般的乌托邦，只是因为你已经摆脱了其中规则的束缚和捆绑，不必顾及那里的人情世故，不必遵循那里的生存法则。只需恣意享受其中的好处而不用承担相应的责任，所以才会觉得百利而无一害。如果真正身处其中别无选择，生活也将满是辛酸和低人一等的卑微与隐忍。孤立无援地面对恶人的欺负打压和肆意挑衅。只因为自己对世俗的一丁点忤逆都会被人明目张胆地指指点点，甚至连累亲人都不得不忍辱负重地活着。这样的不堪处境同样让人郁郁寡欢，迫不及待地想靠出人头地来摆脱它。

生活的无解催生出虚幻的救赎

所谓千古文人侠客梦，世世代代的农民则着迷于翻手为云覆手为雨的梦。源于他们自己无能为力，连小事都有有求于人的经历。他们凡事都只能卑微地求助别人，可怜巴巴地希冀一切能如愿以偿，却往往事与愿违。尽管他们没有原则和底线，不顾形象地放低姿态，毫无尊严地恳求别人帮忙，却依旧不会被真诚相待或痛快地答应。活在世间渺小轻贱如浮尘，遭遇的麻烦却繁多又琐碎。收入微薄也一样要供子女上学，没有任何资源照样要帮衬他们成家立业，明明自己能力极其有限却又屋漏偏逢连夜雨般接二连三地遭遇不顺，直至被逼到寸步难行的境地。一辈子多么努力又多么无助，总是满怀期待又常常遭遇绝望。

常年的艰难让他们卑微到了尘埃里，习惯性地对谁都保持着微笑，保持着一贯低人一等的姿态。永远准备着一副没有脾气的好脸色，一副完全没有自我的姿态来应对各种猝不及防、来不及应变的意外，无论别人的态度如何，他的姿态要保证适合任何一种状况的出现。永远卑微的姿态、朴实随和的言谈举止、破旧随意的衣着打扮，无一不让人动恻隐之心。靠博得的同情——这脆弱的力量来对抗复杂的人性，支撑别人帮他完成他无能为力的心愿。明知希望渺茫，但如果不寄希望于此，生活就纯粹没有了希望。

紧急突围

人到中年的她，桌子上护肤品林立，与玻璃杯、当笔筒用的一次性纸杯子、粗矮的圆柱形冰激凌盒子混在一起，挤满了狭窄的桌面。

女人的年龄与护肤品瓶瓶罐罐的多少成正比。年轻时自恃天生丽质而视素面朝天为天经地义的少女也会在年龄不可逆转地渐长、逐渐老去的时候乖乖服软，迫不及待地用各种功效的护肤品拼命拯救正在流失的脸部美丽。猝不及防的眼角细纹、胶原蛋白的流失导致的抬头纹、无数次不经意的愁眉苦脸留下的川字纹都是岁月与不幸留下的痕迹。人类纵然在其他方面无所不能，但在随年龄增长不可逆转地老去的事实上却始终无能为力。

曾经青春无敌的美少女到了中年时也不得不提防脸上猝不及防到来的细纹，无论怎样试图宽慰，希望在宏大的背景下淡化岁月留在个人身上的痕迹和带来的悲伤与阴影，也总免不了最初的一阵心痛和悲凉。

华丽的衣饰、奢华的水晶高跟鞋、名贵的翡翠珠宝等身外之物不遗余力地共同努力，才勉强可与青春里那一低头的温柔相提并论。只不过大多数普通人即便在弥足珍贵的青春年华里也依旧碌碌无为，无力格外珍惜和善待那段与众不同的时光，只把它等闲视之。直到青春早已远去，才情不自禁感慨时光易逝，为当时的无动于衷和无所事事而后悔莫及。

在女人们所有剑拔弩张的比美场合里，青春永远是一招制敌的法宝，远比金钱、能力、社会地位更具诱惑力。豆蔻年华里即便不施粉黛、一无所有也照样能从一众珠光宝气中脱颖而出，让光芒万丈的珠光宝气失去大放异彩的机会。青春无敌是毫不夸张的写实主义。

八月的暑气未退，窒息的闷热和不分昼夜的电风扇轰鸣声定格成熟悉的似曾相识，让人恍惚到不知今夕何夕。一次次奔波折腾都无济于事，在望眼欲穿的守望与期待里耗尽了春夏秋冬。

额外的生活负担骤增。身处四面楚歌之境，在十面埋伏般穷追不舍的包围里只能不抱任何希望地奋起反抗，直至杀出一条血路，希望有朝一日成功突围时不忘致敬曾经无助又勇敢的自己。

多少次想狠下心来一了百了，照着世俗的模样给自己的人生依葫芦画瓢，避免因不合时宜地坚守而忍辱负重地活着，避免在最好的年华里整日与粗鄙浅薄的人为伍，哪怕抱着将就敷衍的心态，也依旧煎熬备至，难耐至极。

所以，从现实的桎梏中突围是迫在眉睫的事。表面看似完全满足于别人闭口不提你的尴尬处境、若无其事地与你相处的现状，心中却警醒地催促着自己马不停蹄地努力，现状急需改变的焦灼和紧迫无形中把人逼到了走投无路的绝境。

秋天的怀念

在家乡最美的深秋时节里，跌宕起伏、连绵不绝的田野上到处五彩斑斓，庄稼按部就班地逐渐成熟、枯朽。漫长的秋天里，辽阔的天地间凉爽的田野气息让人陶醉。

一望无际的秋日田野
自成一派的壮观景象

各种庄稼叶子都由夏天的油亮发光、苍翠欲滴变成秋天里的干枯金黄，又窄又长的干黄的玉米叶子拥挤交叉着，弯弯绕绕、细长干枯的洋芋藤蔓一株紧挨一株，堆了一地；狭窄的悬崖边上、陡峭得没有一块平整地的长坡上、最险要无任何立足之地的山腰间，都巧妙地长满了各色野花。

这个季节，山上地里没有一处是纯粹裸露着的。即便没有种庄稼，也一定长满了比辛苦料理的庄稼还旺盛稠密的野草，夹杂着纤细精致的野花。最不济的也趁机生出了一层厚厚的毛茸茸的苔藓。常年人迹罕至，万物自由生长的山林里层林尽染，被各种色彩斑驳的树叶罩得严严实实，一丝光线也透不进去，因为过于深邃而变得神秘莫测，让人不禁产生欲罢不能，一探究竟的冲动，想用魔法一把掀开这一片茂密的树木，看看山林里此时此刻的情景。

站在高处，俯瞰那几处茂密得连针扎都无缝可入的层林尽染的深山老林，动辄陷入杂乱的思绪里无法自拔。

一股浩浩荡荡的劲风席卷了整片田野，从田野最东头长驱直入，穿过几片长长的庄稼地来到最西头，所过之处万物依次轻快地摇晃起来。

田野里万物逐渐凋零的漫长过程让人心疼可惜却束手无策，只能逼迫自己习惯。曾经的姹紫嫣红开始无可救药地破败、枯萎、凋敝，整个过程让人无限感慨，就像岁月不饶人一样残酷无情。再娇艳美丽的花儿也不敢仗着傲人的姿色和人类的宠溺有恃无恐地挑衅季节变换，漫山遍野的凋敝蔓延到无法挽救、只能放任自流。

秋日傍晚旷野无人，放羊娃赶着一群羊坐在高处的山头远看日落的情景有一种微醺的恍惚，像走进了虚幻的浩瀚之境，一个人、一群羊、衰草连天、夕照遍野的天地。辽阔旷野的枯萎萧条搭配着夕阳余晖，大自然让人舒服得直感激！

秋天的田野景象多姿多彩，清晨的庄重肃穆，黄昏的淡漠沧桑，悠远澄澈的蓝天白云，傍晚宁静的村庄升腾起股股白烟。秋日醇厚的韵味让人品不尽，感知不透。在短暂的时间里把那么多浮光掠影的景象囫囵吞枣般地咽下去，又赶紧睁开眼迫不及待地欣赏新景象。

秋天，曾经万物欣欣向荣、盛极一时的繁华景象一点点破败，朱颜凋败过程中的悠远绵长让人情不自禁地闭上眼睛，用心细细品味。村庄两边的树林里一望无际的枯枝败叶也成了另一番壮观景象。这些昨日的景象都是对秋天的怀念。

韵味最悠远绵长的要数秋天的天气，阴沉得严严实实的天空没有一丝明媚的迹象，一点风也没有，黑云压得很低很近，感觉伸手就能够到。黑云压山顶，压在一望无际的田野上，压在长着庄稼的一片片地块上。因为无风，连田地里的庄稼叶子和纤细的野花都沉默地肃立着，纹丝不动。独自一人走在这样广阔宁静的天地间，边走边看，心不在焉地扯一株路边的野草，一路也收集着其他的草，在田间小路上走走停停，东张西望。仔细体会着渺沧海之一粟的感受，一会儿再看看近在眼前的路边野草和各式各样简约精致淡雅的簇簇野花。素雅的白紫色短窄花瓣，围着花蕊镶嵌了一周，聚成了一朵精致的小花朵。还有很多形状相似颜色不同的野花，太细太短的野花往往不是独立生长的，而是许多花簇拥在一起形成了一大簇，引来无数忙里偷闲的人驻足观看。

无处不在的小野花生长在险峻的山崖边、陡峭的山坡上、凶险的山壑里，更加衬托出它们虽生之渺小却坚毅、顽强，一同经受着大自然的狂风骤雨、严寒酷暑。无数种袖珍的小野花生长在人迹罕至的深山老林里，外界从不知道它们的存在，无人欣赏它们努力绽放的鲜艳美丽。鲜活娇嫩纤细的它们终身与遒劲苍老粗糙为伍，第一眼似乎格格不入，但实际上它们才是绝配，更能凸显彼此的魅力。

它们似乎对自己的渺小一无所知，也毫不在意与自然界其他的万物之间天壤之别的差距，因而没有丝毫沮丧，依旧不遗余力地尽情绽放。正所谓"苔花如米小，也学牡丹开"。

待到秋来九月八，我花开后百花杀
冲天香阵透长安，满城尽带黄金甲

最壮观的还是漫山遍野的一丛丛黄灿灿的野菊花。

一道道或陡峭或坡度较缓、野草稠密的山坡上，隔三岔五地出现一丛丛野菊花。

无数道狭窄细长仅容一人通过的田埂上也像盆栽似的

长了一丛丛野菊花。

蜿蜒曲折像细长柔软的绳子般的土路两边，也挤满了野菊花。

辽阔的田野里规模庞大的野菊花静止时颇为壮观。缕缕凉风到处，若有若无地摆动，于壮观外也增加了鲜活灵动的姿态。

一场秋雨一场凉！

秋天最容易让人伤感惋惜的是秋雨，天空下着连绵不绝的雨，已经到了真正的秋雨绵绵的季节，光滑的水泥院里、房顶上、软滑泥泞的路面上到处湿漉漉的。田地里又是泥浆又是积水，农民一年四季都没有假期，只有等着老天放假了，才能心安理得地休息。这样昼夜不停大小不减的阴雨连绵的天气，吃完饭就睡觉，还会给自己找理由说"吃了就睡下，又白又细法，吃了就干活儿，黑瘦黑瘦不得活"。

阴雨连绵，潮湿冰冷的雨昼夜不停地落下，院子里到处是雨水，没有一处干燥的地方。下雨的天气最适合睡觉，秋天尤甚，持续不断的不大不小的雨更容易让人混混沌沌昼夜不分。睡够了起来后，妈妈会做些缝缝补补的针线活儿，拧些细麻绳留着扎粮食口袋用。爸爸会坐着矮矮的小板凳在房外的台子上边看房檐滴水和雨中的院子，边沉默地抽烟或者坐下编制驴缰绳，将就着缝补耕种时给驴套用的农具，捻一些粗麻绳以备农忙。

总之，在这到处湿漉漉的雨天里，人总是慵懒嗜睡的，尤其天快黑时，刚吃完饭就昏昏沉沉哈欠连天，也懒得说话。生活就像慢镜头回放似的恍惚，又像梦境般虚无缥缈，轻飘飘的，无声无息。

白天的时光闲适清静。到漆黑的夜里，狂风暴雨往往来得更猛烈了，前院后屋漆黑一片的时候往往雨水如注，发出如许多坚硬的小石子一齐砸向屋瓦般沉闷的雨声。不一会儿，雨水像穿线的珍珠门帘般从瓦檐上一条条笔直地垂到地面，雨水一声紧跟一声急促地打在地面对应的水坑里，雨越下越大了。有时在雨水如注的同时还伴有"咔嚓嚓"的雷声，吓得人不敢开灯，只能点蜡烛或者煤油灯。微弱昏黄的烛光跳跃着，照亮了屋子。

小时候，每当这时，自己总会和爸爸妈妈一起坐在炕上闲聊。多少年后那时的一幕幕定格成了记忆中的永恒，成了再也回不去的眷恋，那些雨夜里的温馨时光也成了咀嚼不尽的岁月静好与人间清欢。

收　麦

俗话说"六月里忙，绣女请下床"，收麦绝对算是一件家庭总动员的活儿。因为麦子是绝对的主粮，家家户户种得最多的粮食就是小麦。麦黄时节也就自然而然成为农民一年里最紧张繁忙的日子。

诱人的野果都成熟了

麦黄时，地边上的、深沟里的杏儿也跟着一齐黄了，一树树繁杏儿金黄诱人。有的杏儿人从树下经过伸手就能够得着，却顾不上去摘。哪怕路过时香甜的杏儿刚好掉落，也顾不上去捡。杏儿落到被野草覆盖的杂草坑里，在长着毛刺的野草上完好无损地待好长时间，让路过的人情不自禁地惋惜一番。

人们都在争先恐后地抢收麦子，生怕麦子黄了落到地里了，又怕连续下雨麦子全淹在地里了，所以一分钟也不敢耽搁。

往往在无路可达的深沟、死活都够不着的悬崖边或半山腰上偏有一树繁硕的大黄杏儿，惹得人垂涎欲滴。

这时，满洼的野莓子也红透了，小小的红颗粒攒成一串串桑葚模样的果实，压弯了满身毛刺的长着稀稀拉拉小叶子的细长弯曲的枝条。野莓子往往贴着阳面宽敞的缓坡面上长成稠密的一大片。站在隔着纵横的深沟、蜿蜒的窄路和横七竖八的地块的大路上远望山坡上的莓子蔓，它就如一片平整地钉在坡面上的四四方方的蓝绿色画布。枝条结结实实地缠绕得难舍难分。它们占领了一片又一片向阳的平缓山坡，成了一道永远都看不够的诱人风景。

满梁满山的黄杏儿、漫山遍野的红莓子、田野里翻滚的麦浪，身处这美丽的风景中的人们却根本来不及欣赏，正片刻不停地忙碌着。

零散的麦田被镶嵌在地边，陡坡边缘的弯弯曲曲的长绳子一样的小路勉强将其串联成形状各异又四通八达的片区。

夏天的田野里色彩纷呈。麦苗在燥热阳光的炙晒下不动声色地成熟。微风掠过时，一地修长细直的麦苗整齐划一地向前扑去，相邻的麦秆麦穗、干薄轻小的麦壳轻微晃动间发出如风铃般清脆的声音，麦浪像涟漪一样一圈圈向外扩散，一波未平，一波又起。带动整片辽阔的山地都轻柔飘逸灵动起来了。满山浩瀚的麦浪此起彼伏地翻滚不息，颇为壮观。

这样整齐的麦田被农民逐片地收割，拉上场，碾完场后再加工才能变成吃的面粉。

割　麦

割麦时，人们就地取材，用地里最长的麦子拧成捆麦的绳子，再以这个绳长割一捆麦子，最后把捆成的麦子按两捆一码、十码一组码起来，万一下雨来不及驮，就直接用塑料纸在地里苫盖。

每年这时，人们早出晚归、披星戴月地割麦是常有的事。一个人借着星月暗淡的光亮在寂静凉快朦胧的麦地里挥着镰刀割麦的情形历历在目。白天人们戴着用麦秆编的草帽，汗流浃背地一镰一镰地割、一捆一捆地绑，再着急也快不了。这时，人们见面打招呼的方式都如出一辙："麦收了吗？"这既是问候，也是打听收麦的进程。可见所有人都在忙同一件事，都在争分夺秒地收麦。

这时最害怕持续的降雨天气，地里黄透了还没来得及收割的麦子就全落到地里了，被雨水一泡就发芽了，好好的粮食就这样被白白地糟蹋了。真让人心疼呀！出了芽的麦子唯一的用处就是做成芽面，它是一种又甜又黏牙的甜食。这也是儿时关于收麦的特殊记忆，小时候总盼望着收麦时吃芽面，却全然不知大人心急如焚和对下雨避之不及的原因。

割完麦的梯田远看就像一个个大大的千层饼。薄薄的圆弧形地块一层层向里向上叠加，摞成高低错落的梯田。藏在狭窄的地边里像一根细长柔软的麻绳一样的崎岖的土路从山底延伸到山顶，蜿蜒在险峻隐蔽的悬崖边缘，随梯田盘旋上升。

麦子割完了，就要马不停蹄地把码在地里的麦子往场里驮。时令是最紧急的催促。它不做任何委婉的提醒和旁敲侧击的警示，没有任何商量的余地，有的只是直截了当、无情决绝的打击。这让人不敢有丝毫懈怠和投机取巧，必须认真地做好周全的准备。

驮　麦

驮麦的时候，天刚蒙蒙亮，人们就赶着牲口往地里走，常常顾不上吃一口干粮、喝一口水。

弯曲狭窄的羊肠小道上南来北往的驮麦人相遇时都会提前吆喝着给对方让路。一方面因为麦捆太大，一头驴一般驮二十个麦捆，一边十个，体积很大；另一方面，因为乡村道路狭窄，顶多容一人一驴通过。在遇到对向来车时，双方只能靠紧急避让的方法来将就周旋。

所以当两支驮麦的队伍"狭路相逢"时，一方就赶紧喝住自己的驴，躲到路岔口或者路边的打麦场等空地，等另一方通过后自己再过去。在狭窄的小路上驮麦时经常遇到这样的情形，所以一整个夏天，门前此起彼伏的吆喝声不断。有的田间小路不但又陡又窄，两边还是很高的悬崖，人牵着驮着麦捆的驴小心翼翼地走在像独木桥一样的窄路上，尽管从来都有惊无险，但每一次都让人胆战心惊。

人们趁着早上太阳还没出来，就赶紧赶着驴上路了。一早上的时间，紧赶慢赶大约能驮十趟麦，等中午太阳一出来，就立马收工。一方面因为中午天气干燥炎热，容易把麦粒撒到地里和路上；另一方面，中午天气越热蚊虫越猖狂。有一种季节性的吸血昆虫，总是神不知鬼不觉地叮在驴的肚皮、脖子等它摇头摆尾都驱赶不到的地方。驴被蚊虫叮咬时会用尾巴左右摇摆驱赶，尾巴够不到的地方，它就会摆动两个灵活的长耳朵去驱赶，再不行就用蹄子乱踢，但这种昆虫就专门趴在驴用上述方法都够不着的地方肆意叮咬。等人注意到驴的躁动不安一巴掌打过去时，驴身上早已是鲜红一片。这也是有经验的农人尽量起早、尽早结束的原因，他们不怕自己辛苦，只是不忍心让驴遭罪。

路太窄太陡的地方就只能靠人背。在陡峭狭窄又坑坑洼洼的土路上，人们背着又大又重的麦捆被压得像喝醉了酒一样摇摇晃晃，脚步凌乱地往前挪。

小时候，家里只养一头驴时，爸爸割完麦都会顺便背一捆麦回来，他背的次数比驴驮得还多，绳子把他的肩膀勒出了深深的印痕。当背上的麦子重得无法起身时，他只能把一条腿先抬起来，另一条腿跪着，再用手扶着墙或别人的膝盖才勉强颤颤巍巍地站起来。小时候地里的麦子都是爸爸从遥远的山路上一捆捆人背驴驮回家的，无能为力的自己只能眼睁睁地看着生活残忍地摧残自己最敬爱的人。

六月的清晨，驴项圈上铃铛的叮当声、高亢的吆喝声、匆忙急促的脚步声、穿梭在田野小路上的络绎不绝的人群是那个季节独有的风景。再回首，当初那紧张忙碌的情景亦有许多让人怀念和难忘之处。

碾　场

人们把加班加点、驴驮马载拉上场的麦子，按品种或按地块分别摞成上小下大的尖麦垛或四四方方矮矮的方麦垛。下雨了只需搭上梯子在尖麦垛顶端苫上一小块塑料布，或在低矮的方麦垛上盖一大块塑料布，就把整个麦垛遮得严严实实，淋不到一点雨了。

等天晴时还要把麦垛分开，照地里的方法码好晾晒，晒干了才容易脱粒。脱麦时的天气很重要，艳阳高照为最佳，最不济也要阴天，最怕下雨。对碾场天气的高度重视导致了一种迷信的说法，即只要正月初一白天不睡觉，来年碾场天就不会下雨，就不会塌场。所以，正月初一白天即使再困也不敢睡觉，要坚决撑到天黑才能睡。

碾场还要叫十几个人来帮忙，其中女人居多，因为女人在铺场、抖场、扬场等一系列流水线似的零碎活儿上更擅长。家家户户都要相互帮忙才能凑够自己碾场时需要的劳力。

很久以前，家用小型脱粒机并不流行时，人们就叫拖拉机碾大场，通常都是邻居几家共用一个打麦场，确定了每家碾场的次序后，就叫拖拉机手来逐家碾场。一天一场，一个大场十天半个月还碾不结束。炎热的天气里紧张忙碌的碾场就像打仗一样激烈。没钱叫不起拖拉机或者粮食也不多的人就在自家的土院里打麦子。

外地的拖拉机手进了庄以后就挨家挨户地碾场，逐场清空，把全村的麦子碾完需要一个多月的时间。这段时间里不分白天黑夜只要不下雨总能听到拖拉机的声音，以至于碾场结束很久了听到这种声音还是会条件反射似的以为在碾场，碾场的情景也就跃然眼前了。烟囱里冒着黑烟的拖拉机在阳光耀眼的场里转着圈的场景和一整天持续不断的拖拉机轰鸣声成了这个季节里紧张忙碌的象征。拖拉机手要赶着去揽更多的生意，因为碾场的生意一年就只有这几十天。而农民也着急碾场，怕下雨麦子被捂坏或发芽了，稍不注意辛辛苦苦拉上场的麦子就被白白糟蹋了，所以都争先恐后地抢着和拖拉机手约定碾场的时间。

碾场的准备工作和善后工作都是最折腾人的，一大堆琐碎的事都要提前做好。劳力多就需要准备大量的吃食，要提前蒸好几笼大馒头，或者炸几锅油饼，轧好多面条。许多年前家里没有冰箱时，人们就把面条摆在铺着纱布的竹篾簸箕里放在阴面的房里晾着，一切吃食都要在碾场的前两天准备好，万事俱备只等着碾场，可天公偏偏不作美，一连下好几天的雨，人们好不容易准备齐全的东西、计划好的事就这样被天气搅扰，硬生生地搁置了，让人无奈焦虑又惆怅。

碾场时要先铺场，先把麦垛分开，再把捆着的麦子拆开，再从场中间开始薄薄的一层紧挨一层、一圈紧接一圈地从场心往外铺，直到把打麦场铺满，一般一场就把所有的麦铺完了。

然后铺场的人迅速从场里撤退，来到场边吃主家准备的早餐。这时就该拖拉机手上场了，开着拖拉机在刚刚铺好的麦子上面火力全开地转着圈碾麦，浓浓的黑烟从拖拉机的烟囱里不断地往出涌。太阳的炙烤下找不到一处阴凉，人们就戴着草帽站在太阳底下等拖拉机停了，赶紧拿上木杈去翻场，把碾过的麦子全部翻个过儿，让拖拉机再碾，一次次地重复翻场和碾场，直到有经验的人检查一下麦穗，确认麦粒碾净了才结束。

这时场边的人又一拥而上去起场，把场里碾净麦粒的麦秸撂成麦草垛，一个人搭着梯子爬到麦草垛上用木杈接住下面人用木杈奋力扔上来的麦草，再一叉一叉地抖平，铺在草垛上，直到把所有的麦草都撂完，麦草垛就算撂完了，再把场上的粮食推扫成堆。

紧接着就是扬场了。给刚刚碾场的拖拉机装上风扇开到粮食堆顺风的一边。另一边狭长的粮食堆两头，一头一个人用木锨把粮食向空中扬起，借助风扇的力把轻的麦壳吹到一边，和重的粮食分开，旁边还要有一个人用扫帚扫落在麦堆上的麦壳，就这样边扫边扬，直到把麦堆都扬完，所有杂质都吹干净只剩下一堆干净的麦子，扬场就算大功告成了。

至此从顶着火热的太阳割麦，到走陡峭遥远的山路运麦上场，再到晒、热、呛的碾场脱麦壳，一系列冗长的收麦环节就全部结束了。

收尾的零碎活儿还有许多，还要持续忙碌好几天，只不过剩下的活儿都不再似这般紧张激烈，也不需要请人来帮忙了。自家人就能从从容容地周旋过来，比如把粮食装进大尼龙袋子里，用手推车一袋袋从场里推回家，再在家里码整齐，才算一年的粮食收成。

碾场的几天里天天都忙到大半夜，帮忙的人都走光了，场里和院子里还灯火通明。打着手电筒在陡峭狭窄、动不动就翻车的土路上用手推车往家里推粮食的场景让人记忆犹新。

夏夜的宁静凉快与白天的燥热喧闹截然相反。夜深人静时，一堆蚊虫在白炽灯耀眼的光圈里自顾自地、急匆匆乱哄哄地飞舞。人们把粮食搬回来后依旧不知疲倦地把带出去的农具都清点一遍才肯罢休，最后才关上大门，哈欠连天地去休息。来不及洗漱、来不及做点好吃的犒劳自己，就啥也不顾地倒头就睡。

收麦全程都要与时间赛跑，像打仗一样紧张激烈，前前后后将近半个月的时间里，每天都起早贪黑、没完没了地忙碌着。熬到所有环节都走完才算结束！真是漫长又辛苦的劳作。

小时候，对碾场的紧张忙碌和大人的操心劳累一无所知，只知道这几天异常热闹、与众不同，父母忙得顾不上管自己，自己就像脱缰的野马一样肆意玩耍，无论怎么淘气他们也不苛责，而且还有好吃的。所以自然而然，格外期盼那样热闹欢快、锦上添花的好日子能多一点。往往才刚结束就迫不及待地期待下一次的到来!

　　如今,而立之年的自己出门在外,收麦已事不关己,但记忆里麦黄时节忙碌热闹的情景,至今仍记忆犹新,是收麦时节里有家难回时最心神驰往的画面。

小 说 篇

追忆似水流年

（一）催婚闹剧

"嚓"的一下，单薄的铁凳子被狠劲摔在水泥地上，声音非常刺耳，"你今儿从这个大门里出去，就再不要进来了，我才算你能哩"，另一边依旧毫无动静，"我就叫你吃不了这根烟哩，你这么爱吃，今儿给你揉到碗里，你吃去。"烟灰撒在白面片片上，接着就听到一阵推掀拉扯的声音，随之传来结实的笤帚生生抽打在人身上的声音，他这才愤怒地拿起立在房檐下的扫把朝她打去。他们两人扭打在一起，他趁乱在她头上挥了一扫把，然后挣脱她的纠缠，从院子里来到上房台子上准备坐下来吃饭，她旋风一样迅速追上来使劲从他的手里夺过碗筷，把碗里的热汤掀泼到他的裤子上，他这时对她一早上的挑衅挑剔的不满终于爆发，一发不可收拾，咬牙切齿地骂道："看你的这个厌劲，你就这么大点的本事，你再能做啥？"随后扯下院子里晾衣服的电线上的抹布简单擦了下腿上的饭汤准备坐下来继续吃饭,结果他刚端起碗,她就坐在他右手边的厨房门前边心不在焉地挑拣簸箕里胡麻中的杂物,边专挑让人痛恨得忍无可忍的话来挑战人的忍耐极限。总之就是说他在外多么窝囊无能被人看不起,多么低三下四地求情,结果被人捉弄了还不知道,被人卖了还毫不知情地继续帮人数钱呢,殷勤谄媚地讨好别人,可怜巴巴地祈求别人的庇护,三天两头旁敲侧击地打探消息,有一点风吹草动就东奔西走地周旋,结果到头来一事无成,还被人白拿了那么多好处。求人办事时天天恭维地打听,结果事情没有办成时一句也不问了,还害怕见面,主动躲着走呢,平时烟酒顶着额头上求人哩,关键时刻啥作用不起,白羞了个先人。极致地羞辱挖苦讽刺挑战着人的忍耐极限,脾气再好再大度的人也恨得牙痒痒,手边要是有个东西能立马砸个稀巴烂。她翻来覆去没完没了地重复着那几件事,把别人极不愿意听的话反反复复地来回唠叨,让人觉得她真有病,而且病入膏肓无药可救。

　　任她一件接一件事不厌其烦地数落着,不遗余力地冷嘲热讽和挖苦着,他一句也没有反驳,沉默地吃着饭。这样轻易地屈服、沉默地隐忍,显示出他对这种过分得常人忍无可忍的数落早已司空见惯,让人无比心疼。比起婚后这么多年,一件又一件接踵而至的不幸带来的无尽的煎熬和折磨，今早无休止的挑衅或许可以轻而易举地消化吧。正所谓关关难过关关过。

前几年，孩子还小，在家务活儿上帮不上忙，家里粮草也不充足，不能像别家一样饲养两头驴来独立耕种，不得不和别家结对耕种，她把对这种既辛苦又要迁就别人的现状的极度不满，化为一年三百六十五天不停歇地对丈夫的无能、家境的贫寒、孩子的不懂事以及婆婆的不明事理的嫌弃和咒骂。

后来，大女儿到了上学的年龄，她父母怕子女去上学，她一个人务农太辛苦，就在每次女儿开学前找一个说辞阻挠一次。从小学到高中从未间断过。对这种过分的行为他没有义正词严地一口回绝，也没有怒不可遏地谩骂他们的不可理喻和多管闲事，只是不为所动地继续供大女儿上学。

再后来，子女都大学毕业了，在家的日子少到屈指可数，偶尔回家的时候本该一家人和睦相处，却又因为他们个个不愿按时结婚，她便和他们势不两立。即便母子好长时间不见面，一见面仍旧闹得鸡犬不宁，哪怕孩子们长途跋涉，一路奔波到家也依旧维持不了短暂的和谐局面，她就和孩子们吵到要断绝母子关系的地步，甚至到了仇人相见分外眼红、水火不容的程度。

她在娘家哥哥姐姐妹妹家的孩子都无一例外地早早辍学、早早结婚生子的刺激下发疯般不遗余力地逼自己的子女赶快结婚，成家立业。孩子上班时间她三番五次地打电话、没完没了地发语音。无数次用同样的流程、同样的说辞、同样的语气进行同样的逼迫。道德绑架的说辞就是："我和你爸的身体越来越差，吃得再好也越来越瘦。你爸爸为你的事把心都操碎了，操心操得脑子都有问题了，我打今年起身体越来越不好了。"

或者是："庄里人一见面就打听你们的婚事，我吓得都不敢出门。庄里和亲戚间的红白事，人多处我都不敢去。集会上也害怕遇见熟人。本庄的流言蜚语不说，连外庄人都知道了这不光彩的事，我和你爸头都抬不起来，没脸见人了。"再就是哭诉自己多么可怜："含辛茹苦地把你们拉扯大。不指望你们把我和你爸带出去旅游、见世面，只指望你们把你们自己的日子过好。早日成家立业，我也就心满意足了。"说着说着就声泪俱下，泣不成声，边哭边骂，这些显而易见的道德绑架总让人免不了最初的一阵痛，因为尽管方式和手段拙劣到让人忍无可忍，但她说的这一切却都是事实。

她催不动子女就来催他，怪他当初非要供他们读书，如果不供他们念书就啥事没有了，别人家不念书的孩子早早就结婚了，谁家还和自己家一样遭遇这样的烦心事。她早上发疯也是这个原因，说不通远处的子女，他们的无动于衷激怒了她，她就把一腔无名怒火都发泄到了他的身上。

结婚这么多年，无论大事小事，他都一个人死扛硬撑了下来，她的不可理喻、令人发指的尖酸刻薄、不知收敛地将家丑外扬、关键时刻不分青红皂白地向着娘家人指责他、无休止地和家里人轮流吵架，气头上把平日里两人说的悄悄话、知心话都当成把柄来取笑挖苦的做法他都习以为常。对生活的磨难、摧残，他习惯了一个人沉默着去承担，他从来没有抱怨过，没有愁眉不展过，不会轻易向家人发脾气。他乐观积极地听从生活所有的安排，不会开玩笑式地调侃生活，也不会消极认命坐以待毙，只会老实巴交地认真对待生活中的每一件琐事。

年轻时，他也保持着这样的作风习惯。直到那一年，他骑摩托车带她去另外一个乡镇找一个有名的大夫给她看病，路上发生了车祸，被大货车撞倒，从此他的身体每况愈下，但他固执地从不去医院检查。子女估摸着给他抓来的药都能开个药铺了，刚开始吃一两服觉得效果不明显，他就撇下再也不吃了，身体的症状也越来越多，多到每天药都错不开时间吃。先是眼睛流眼泪，看电视离得越来越近却越来越看不清。接着是耳背，别人就站在他跟前说话，他有时也听不清，每每不合时宜的一声"嗯"让场面变得很尴尬，敏感而要强的他捕捉到了这些信息，便拘谨地一言不发地等着尴尬的氛围消失，他在漫长的等待中的紧张无措让人心疼。接儿子打来的电话时，他明明听不清却坚决不主动要求儿子大点声说话，也决不表现出听不见和听得困难的迹象。只是把手机紧紧地贴在半边脸上屏气凝神地聆听着每一个字眼、每一句话，生怕错过任何一个字而造成误会，他极其努力去接听电话的模样让人心酸难过。

他耳背的同时，说话也不连贯流畅了。每次儿女打来视频或语音电话，他都在一旁津津有味地听她和孩子们笑谈家长里短。像小学生害怕被提问一样生怕儿女突然问他一句他听得糊里糊涂的话，他说话结结巴巴的很费劲，能立马让热闹的对话陷入尴尬的僵局，让津津有味的对话变得索然无味，一下子让所有人再也提不起兴致而草草结束对话的经历每每让他后怕。

子女不按时结婚的事实让一生敏感好强的他颜面扫地，一直在忍辱负重地活着。他从小父亲去世，母亲在挨饿年代一个人含辛茹苦地拉扯他长大。好不容易成了家，却饱尝贫贱夫妻百事哀的辛酸苦辣，艰辛供养子女长大，自己晚年身体却每况愈下，他的大半生都过得很辛苦。一下子多了这么多突如其来的不幸，让天生乐观积极随和的他也变得暴躁易怒、唉声叹气，动不动就怒不可遏，但面对她时他依旧极力忍耐着。

这天早上的一幕，是在无底线的隐忍后的短暂爆发，但很快归于平静，他习惯性地选择了惹不起躲得起的做法。他大冬天清早起来立马出门,在干冷又空无一人的田野里,吸着烟在邻近的田间地头逛着,胡乱地消磨完早上的时光,到了中午十二点便准时回家吃饭,晚一分钟她又要没完没了地唠叨半天。

他年轻时从不愿麻烦别人,年老后却屡屡因为难以自控的举止而让人忍无可忍,被家人嫌弃。他变得行动迟缓,干活儿说话慢慢腾腾,走路缓慢费劲到让别人等不住。他也越来越顾及不到别人的感受,无力替他人着想。一些举动让人厌恶得忍不住闭眼,赶紧转头才不至于破口大骂。人老了本应被妻子和子女照顾,却不知为什么,谁都嫌弃他,憎恶他,但过后既愧疚又心疼。子女对他真是"哀其不幸,怒其不争",既抱怨他死活不去医院检查看病,又不和任何人如实说明自己的病情。最终因为错过了最佳治疗时机,只能坐以待毙地等着病情恶化。

孩子们理解他乖乖认命、放弃挣扎的原因是他一辈子习惯了逆来顺受,不知反抗。突然意识到父母比孩子更需要富养,但为时已晚。他一辈子习惯了受苦受难,习惯了无条件地服从命运的安排,无条件地接受现实,无条件地满足别人的一切要求,一个人独自面对所有的风风雨雨,不知推脱不会哭诉,只有一言不发地咬牙坚持。面对突如其来的打击,向来只能同甘不能共苦的她只会变本加厉地对他恶语相向。一时间,她冷漠的态度、子女眼神里流露出的不满和质疑，并没有让一向好强的他觉得大难临头天塌下来般可怕，而是若无其事地继续保持着平常心。对突如其来的不幸听之任之、默默承受的态度，让子女心疼得流下泪来。

（二）日记里的冬日情趣

深冬清晨，隔夜的寒风冷雨还在慢悠悠地继续吹刮飘洒，苏锦珍一个人站在后院高高的土台上，望向远处的梯田和自家旁边的几户人家错落有致的房顶，它们全被薄薄的水雾笼罩着，雾蒙蒙的，若隐若现。

宿雨把后院台上几棵甜菜的深紫色叶片和翠绿色叶茎一夜之间冲洗得清亮洁净。叶子上挂着的水珠，让人看一眼便情不自禁地冷得打哆嗦。

漫长漆黑的夜晚，大风肆无忌惮地在参天大树间来回猛烈地冲撞，摇动粗壮的树干，把满树红透了黄透了的树叶迅速摇落，一齐重重地砸下来，马上在树脚周围的地面上堆起了大大的落叶堆。

第二天早上，树上一律只剩下几片稀疏零落的枯叶松散地系挂在干细易断的叶柄上，在粗犷、干裂的树枝上晃悠悠地荡着秋千。往日被繁密的叶子遮掩得严严实实的树的形状原形毕露，在枝繁叶茂的掩护下有恃无恐的树干面对猝不及防的暴露时显出了本能的羞怯，有点害羞赤裸裸地暴露在辽阔的天地间，仿佛隐藏得不为人知的秘密被一览无余，任无数人恣意地浏览观看。

　　小院的冬日景致和情趣也让人留恋不已。沉寂的冬季情趣、家里的清静、在父母身边的温馨，让人不由自主地惶恐这一切美好随时都有可能失去。本指望长大后能随心所欲地活着，有能力挣脱儿时身不由己的束缚。殊不知，长大后不但没有实现儿时的梦想，还连儿时习以为常的日常都成了可望而不可即的奢望。心中的梦想还在，只不过在沉重的现实面前不得不妥协了。现实的骨感让人连不自量力的冲动都没有，没有在盲目莽撞的怂恿下一鼓作气去尝试的勇气，只是在内心反复掂量、权衡再三后还是识趣地放手了。就这样一直在现实中隐忍，在理想中驰骋，在守望中把青春年华虚度，直到把自己逼到无路可退的年纪才明白别人口中的"人到中年害怕过年"的滋味。自己则是人到中年有家难回，过年时人人都往回走，只有她大过年的往外跑。她就这样不时陷入浮想联翩的沉思中，许久回不过神来。

　　她不知死活地贪恋着在家的时光。父母毫不掩饰的嫌弃和连吃饭时间都不放过的无时无刻的催促、庄里的流言蜚语，让她只能待在家里不敢出门。

　　她多想出去看看壮美的冬日田园风光，衰草连天，黄叶满地的景象想想都过瘾。跌宕起伏的长坡深沟、被小路勾连着的阡陌纵横、连绵不绝的黛青色山脉，这些景色哪怕天天看都看不够，但她宁可在家憋着闷着也不敢光明正大地出去，宁可天天站在后院的土台上抻长脖子望眼欲穿地眺望远处的田野景象，也不敢出门去尽情地看个够。只要听到门外或陌生或熟悉的说话声就条件反射似的迅速躲藏起来，像人人喊打的过街老鼠般害怕见人，怕别人问起自己的近况，怕他们哪壶不开提哪壶地提起结婚的话题。

她只能在心里贪婪地回味着那醉人的景致。贴着地面倒伏的细长的枯草，田野里各种各样的庄稼、一棵棵苍劲的枯树，都不约而同地展现了冬的颜色和模样。万物一齐衰败凋零的景象萧条又壮观，连每个细枝末节都不错过的冬景吸引着人去追寻冬的足迹。

面对辽阔的天地间浩瀚萧条凋敝的景象难免感慨万千。哪怕想看那样的风景想得发疯，她也只能继续无动于衷地在家里待着，每个早晨都让她惶恐不安，因为昨日好不容易应付过去的艰难又要重新面对了。还没来得及做出调整和准备，新的一天又猝不及防地开始了，她生怕它又像昨日一样潦草地将就过去。新的一天应该好好规划，从头开始，却又在手足无措中让它成为又一个将就潦草的日子，她难免又和往常一样自责又惆怅，将自己折磨一番后才能心安理得地看待这一天的潦草将就，她就一直在这样既煎熬又庆幸的心路旅程的循环往复中艰难度日。

尽管在家的日子如此隐忍将就,她依旧不知死活地贪恋着它,只因为吃得健康,有时间做自己的事,不用和反感厌恶的人相处,所以身心愉悦。还能时不时看看家中的多肉和黑色塑料篮子里种着的妈妈从野外挖回来的野花。它像山丹丹花开红艳艳一样,有着漫长的花期和在季节的肃杀里从容绽放的勇气。家里的冬日情调和意蕴总让人沉迷。

假期结束后就不得不面对每分每秒都隐忍将就的生活,那时又将多么懊悔和自责身在其中却没有好好珍惜。但无论曾经怎样惜时如金,结束时依旧觉得太过突然,依旧懊悔难过得想大哭一场。所以她想用记日记的方式记录下每天的模样。

有时岁月静好,她和父母的关系没有紧张到剑拔弩张的地步。天不停歇地下着冷雨,后院台上一片湿滑,冷风吹得人不敢出屋不敢伸手,小房子里架起了炉子,妈妈也不用在地窖般阴冷的厨房里的冰锅冷灶上做饭了,一日三餐都在炉子上做。用小而精致的正好够三个人吃的砂锅在炉子上煮麻辣烫、火锅,煮好了连锅端到小炕桌上,一家人围坐着吃饭的时光多么安逸和难忘,真想时光永远停在这里,至少这样的时光能多过无聊煎熬的日子,人生才值得,但生活的忙碌总是蛮横地霸占和耗费大量的好时光,留给这样团聚享受的时刻都是少之又少的边角料。

有时又乌烟瘴气,她和父母之间就像仇人相见分外眼红般不留余地相互挖苦,咬牙切齿地彼此诅咒。每当这时她都后悔莫及地追问自己为什么要回来。自己一个人在外面吃香的喝辣的不好吗?为何明明晕车还偏要一路辗转,奔波折腾到半夜跑回来受这窝囊气。

这天又在下雨,连续下了几天丝毫不见减弱的雨,让人误以为它要下到天长地久,永不停歇。这样的天气里人可以心安理得地吃和睡,真是太安逸了。朦胧的水雾笼罩着远处的一切。近处的树湿漉漉的,墙头上纤细枯短的野草上挂着晶莹的水珠。陈旧的土墙上的苔藓毛茸茸的,像厚厚的毛毯盖在墙上,厚实又暖和,不然这寒风冷雨一直吹一直下,赤裸裸地立在雨中的土墙怎么能受得了呢?晾衣服的电线上也均匀地挂上了一排水珠,雨刚停,鸟叫声就从光秃秃、枯黑的树枝深处传出来。这就是冬日雨天傍晚时分的居家景象,屋里已经亮起了灯。做晚饭的时间又到了,一天就这样不知不觉地过去了。

她巴不得把每一天的时光都记录下来,留到以后思念如潮水般袭来的时候翻出来看看这段来不及细品就匆匆流逝的美好时光的模样,因为机会难得,所以想好好珍惜。又因为居家环境缺少约束,自己晚睡晚起精神颓废,加上零碎家务活儿的不时干扰和妈妈心血来潮时不遗余力地催促，还要时不时应付工作上的麻烦，每次硬着头皮求人帮忙处理一些事务，她才能安稳地度过在家办公的日子。这一切让她有"日理万机"的感觉，仿佛人要被分成两半才能勉强应付层出不穷的意外。她也因此会偶尔嫌弃一下这原本珍惜都来不及的时光，随之又自觉地批评自己的不知好歹。

偶尔去一趟集市，她都会买许多好吃的，东西多得都拿不下了，才花了一百多块钱。集市离家不远也不近，村里人没有专门骑车或坐车去赶集的习惯，都习惯了来回步行，但年轻人都嫌走路费劲费时间。沿途还会遇到不少同样赶集的熟人，大家都宁愿花钱等公交或打车。但因为村庄和集市都是中途经停站，每次去集市要么等几个小时才能等到一辆有空位的公交车。要么等了很久啥也没有等到，天就黑了，只能原路返回。与其这样还不如一开始就直接走着去，至少不会浪费时间去等那不确定有无的车辆。

公交车从并不宽阔的沥青路上孤零零地驶来，看到路边打着补丁的被塞得奇形怪状的包裹时唯恐避之不及，径直加速从一堆翘首以盼的人面前风驰电掣般驶过。反正后面站点有的是人，等车的人多了，司机们有了选择的余地时就是这么嚣张冷漠。人们在一阵风呼啸而过时赶紧闭上眼睛，等睁开眼时公交车已无影无踪。要么公交车上已挤满了人，等车的人一起眼巴巴地看着公交车越来越近。坐着蹲着的人都陆续站起来了，放在地上的一堆行李瞬间被挂上了肩，扛上了背。人们都目不转睛地盯着公交车一路开过来，快到眼前时，司机却目不斜视地盯着正前方，两手紧攥方向盘，丝毫没有减速停车的迹象，笔直地向前驶去。

傍晚没有车，天气又冷，她不甘心就这样无功而返，实在没办法就边走边看，此时椭圆的橘红色太阳像一张薄饼，端端正正地挂在笔直的地平线上方，一动不动地停留好长时间。阑珊的夕阳余晖掠过幽深的山谷和连绵的田地长驱直入地来到公路中央，映衬得路面上的白线也温暖亲切柔和起来。

她每次都早早出发去集市，却因为来回都等不到车，回来时总是到了大半夜。但因为熟悉所有的环境就不怕天黑走夜路，熟悉的小路、熟悉的村庄，她便边走边贪婪地欣赏着熟悉的村庄里的万家灯火在漆黑的夜里变成璀璨星河，浩瀚的星空里的繁星与明亮的月牙的光辉和深山上的万家灯火隔空辉映，因遥远而寂寞，因璀璨而辉煌！她这才意识到明明近在咫尺的旅程却像出了趟远门。

鉴于去一趟集市这么不容易，她每出去一趟都会尽可能地给家里买菜和有营养的东西来改善伙食，最经常买的是蘑菇青菜，因为回家就可以吃一顿妈妈牌的大杂烩麻辣烫。每到这时，她总会想起小时候期待去赶集的父母归来的心情。

（三）回忆中的无边思绪

人间至味是清欢

小时候，她以为幸福就是在豪华的高档餐厅，优雅娴熟地使用刀叉品尝精致的食物，细嚼慢咽中优雅举杯，浅浅的微笑和优雅的举止是从容到骨子里的自在拿捏。淡定从容地议事过招有种谈笑间樯橹灰飞烟灭、四两拨千斤等让人刮目相看的本领。似乎来餐厅不只是为了吃饭，而是为了消遣和表演。

长大后，对出入灯红酒绿的场合习以为常，也时常在狐朋狗友的怂恿下喝得东倒西歪。寂静的三更半夜，在狭窄凌乱、廉价的出租屋里喝到醉生梦死，痴人说梦般说着曾经的理想和那些当年坚持理想的人现在让人眼红的生活。故作坚强却被别人一眼看穿，仍固执地不肯否定当年自己不知天高地厚的桀骜不驯。醉眼蒙眬里，以放纵不羁的姿态，藐视现实中的走投无路；以无底线的纵情享乐，来对抗生活中无处不在的苟且偷生和忍辱负重；以比上不足比下有余为由，让自己心安理得地安于现状，以平常心看待自己和同龄人之间的天壤之别，一如既往地维持着一贯的清高和不屑一顾。

要么在充满烟火气的夜市街头的简陋的地摊上吃着小烧烤，喝着几十年如一日的瓶装雪花啤酒，和新结识的狐朋狗友指手画脚地高谈阔论，这样洒脱自如的姿态最令人向往，对于儿时向往的高贵优雅不否认也不追究，死心塌地地置身于眼前的烟火气里。就像已经成家的男人看待年少时爱慕的姑娘一样，从不把她与现实中的"她"相提并论，在有云泥之别的现实面前安之若素。

小时候向往的幸福现在已不以为然。长大后最想念的反倒是家乡的春夏秋冬和家里的粗茶淡饭。四季轮回无限循环，却对每一次轮回都同样充满了期待。长大后许久不在家，偶尔回来连稀松平常的日常都成了千金难买的幸福。

夏天天气炎热，妈妈会经常做凉粉和凉粉鱼鱼。入冬以后，家家户户都要准备腌菜，妈妈也不例外。认认真真地一片片洗，仔仔细细地一刀刀切，将腌菜繁杂的环节有条不紊地进行完以后，就静静等待，慢条斯理地让盐水调料渗入所有的叶片纹理中，于无声处发生翻天覆地的变化，这是人巧妙地利用了时间的魔力，也是时间给人的莫大惊喜。

小时候，庄里还没有通自来水，几个村庄的人都靠着祖传的坡陡沟深的悬崖下的一汪泉水吃水。因为严重缺水，农忙时人们不得不半夜三更坐在泉边排队等水，黑夜走在悬崖边上陡峭的山路上挑水。挑水成了一年四季无论多忙都不敢耽误的一件事，因为再忙人总得喝水吃饭，总得给牲口饮水。所以无论是驴驮马载的麦黄时节，还是田间路上拖拉机声不绝于耳的秋收季节，抑或是婚丧嫁娶等重大活动、重要节日，提前准备充足的用水都是首先要考虑的。泉水水流很慢，大人没有闲工夫干等，就让小孩儿坐在泉边等水。他们去地里干活儿，回家时顺路挑上等来的水。这样既不耽误农活儿，又有了水。

苏锦珍小时候就经常一个人坐在泉边等水，爸爸妈妈就在泉水附近的地里干活儿。她守在泉边，边等边玩，或坐在扁担上随心所欲地看泉边的树和附近的地块里的庄稼。从早上等到大中午，有时能等到满满两桶水，有时则是刚盖住桶底的两小半桶，反正等多少算多少。爸爸妈妈干完活儿了就一起回家。

长大后，她就和妹妹抬水。夏天的时候，她们把桶放到泉边，就跑到高高的田埂上去摘野莓子，回来后先用等了好久才等到的一点水清洗她们摘的红艳艳的野莓子，剩下的再抬回去。回去的路上两个人一前一后抬着水吃着野莓子，一路说说笑笑地回家。

冬天的时候，她们把扁平的塑料水桶拧紧盖子从结冰打滑的下坡路上滑下去。薄扁的竹扁担也"嗖"的一下滑到坡底。最后，她们也坐在冰面上东倒西歪地滑下去。

要么下午从家里出发时拿两个冻得发硬的馒头，到泉水边拔几棵干透了的野蒿子点燃。浓烟滚滚中有微弱的火苗跳跃着乱蹿，她们立马把馒头扔进烟火里，等野蒿子燃尽只剩下一堆草木灰时，她们就从土灰中捡起沾满土和灰、内里依旧冰冷的馒头津津有味地吃起来。

那是多么难忘的时光啊！那时谁也想不到，那么普通寻常的时光是她们有生之年只能拥有一次的幸福体验。如今，她们姐妹俩都工作了，却在遥远的两地，一年也难得见一次面。那时的记忆真的成了回忆时含着眼泪的微笑。

思念是吃不到嘴里的甜

一路走来，令苏锦珍捶胸顿足的遗憾和悔恨始终如影随形。熬过一番番春夏秋冬却始终毫无起色的现状让人欲哭无泪，不知如何才能摆脱命运的束缚，走出困境的泥潭，拿什么来拯救无可救药的自己。所有的挣扎和努力都徒劳无功。无数次信心满满地期待，无一例外都不了了之。在不计一切代价地挣扎和屡战屡败的循环往复中蹉跎岁月，等到发觉时已到无可挽回的中年了，再多的眼泪都洗刷不掉心中的悔恨遗憾。索性就将计就计一滴眼泪也不流，永远都是一成不变的嬉皮笑脸。大是大非面前没有大喜大悲，任何时候都无动于衷。时光的飞速流逝、众人的流言蜚语、与同龄人天壤之别的境遇、亲人不遗余力地花式催促和谴责都需要不那么敏感脆弱的心灵才能勉强承受，才能力所能及地消化，才能抵御无数次失败阴影下的干扰和一如既往地坚持己见。

长大后无限眷恋的时光和风景都是小时候最习以为常的日常。曾经因习以为常而无动于衷，现在竟然欣喜若狂，曾经平淡无奇的时光成了现在可望而不可即的奢望。曾经习以为常的地方如今思之如狂。或许是失败的人生才让她情不自禁地回首过往和曾经的美好，贪婪地舔舐着当初的一点点小确幸。

熟悉的地方也有风景

春寒料峭时节，土路两边高大苍劲的桃树杏树上粉红粉白的花朵紧紧簇拥着，形成一面厚重的花墙，把整道梁包围成密不透风的城堡，变成名副其实的花海。杏花微雨浥轻尘，土路青青田野新。杏花微雨里，长梁无一人，旷野余鸟声。走在两边繁花紧簇的土路上，雨点似有若无地扑向睫毛，碰到脸颊。杜鹃啼鸣在苍凉辽阔、寂静荒芜的大地上。置身其中有一种久违了的愿望终被满足的欣喜若狂，又有一种大多数愿望不能像现在一样被实现的惆怅，以及不能习惯性地期待所有的奢望都能被满足的沮丧和人生大多数时候难免被辜负的失落苦涩。内心瞬间百味杂陈。

想席地而坐，细细端详这初春光景里的悠远淡然；

想在空中飞舞，逐一拥抱这杏花微雨里的诗情画意；

想着一袭轻纱荡秋千，在杏花疏影里吹笛到天明。

春天，他们会漫山遍野地掐苜蓿芽儿。辽阔的天空一碧万顷，干净得没有一朵白云。地上每个隐蔽的角落都被高处的阳光无死角地照亮。苜蓿芽儿在背风向阳温暖的地块里先长出来，长得白胖细嫩。专门掐菜的小圆篓里面放一把用几层布包住半截刀刃方便握拿的刀子是二三月里成群结队去洼上掐野菜的妇女小孩儿的标配装备。他们一齐来到阳光能晒一整天的地块里一根根地掐苜蓿芽儿。傍晚时分，大人先回家做饭了，小孩儿一直掐到天黑才陆陆续续端着盆、提着菜篓说说笑笑地回家。

夏天，妈妈辛辛苦苦提着一壶壶水浇灌成活的菜园里瓜果飘香。

西红柿架上硕果累累，高处纤细的秆被一串串沉甸甸的西红柿果实拽到了地面上；

一行行笔直的辣椒苗儿开着洁白的小花儿。花儿凋谢后结出了小拇指般粗细的小辣椒；

像蕾丝花边一样起着褶皱的生菜，在地膜纸上绽放；

一行行郁郁葱葱、修长挺拔的葱像一道道屏障扎在窄窄的地边上；

还有花期漫长的茄子花，一直开到秋季才凋谢，最终却结出了如毛毛虫般大小的茄子娃娃，还没来得及长大就被秋霜打蔫了；

还有从来不孚众望按时发芽开花结果，最终却结出了像西瓜泡泡糖般大的西瓜。

秋天，玉米地里荷叶似的又圆又大的南瓜叶子上长着细软的毛刺，它们重重叠叠地挤在一起。底下罩着圆圆的青嫩南瓜，有时还藏着肥硕的癞蛤蟆。

到了给洋芋放粪的时节，小小的紫白色洋芋花零星地点缀在绿云般的洋芋叶子之间，形成以浩瀚的深绿色为背景的紫白色花海。

胡麻开花时的情景就像以崭新的蓝绿色为底色，以胡麻花形状为图案的花床单，又像碧波荡漾、暗流涌动的大海。

有一次，她们姐妹俩拉着驴去泉边驮水，结果水还没等满，天就下起了大雨，泉边都是露天的，无处可躲，她们就把驴牵到路旁的一棵大柳树下避雨，还扯下埂子上长得很长的野蒿子扎在一起，均匀地分成两股披在驴脊背上遮雨，担心驴着凉感冒了，自己却不知道避雨，也不知道树下避雨的危险。

那个雨天，她们还留意过泉边的山林里一株细短的柳树幼苗。好几年不见，如今树已亭亭如盖矣。每次只要她经过泉边，都会站在高处尽力看向深谷里的那棵树，直到看遍每片树叶、看清树的整个模样，每次都情不自禁地发出"树犹如此，人何以堪！"的感慨。

（四）十三岁的单车

苏锦珍升初中的成绩是她爸爸看榜时知道的。红榜就是贴在村小四年级教室侧面白灰墙上的一方小小的鲜艳的红纸，行人从学校旁边的大路上经过时总会被这方鲜艳的红色吸引，不管跟他有没有关系，都会停下来远远地张望，遥望的距离、角度和翘首以盼的神色姿态都像戏场里看戏的观众。

她上初中时，学校离家有几公里的路程，上学要么骑自行车要么住校，小小年纪就一个人住校的选择在当时并不流行，大部分人都选骑自行车走读。早上骑自行车去学校，晚上返回，中午就在教室里吃些干馍馍，连开水都没有，安安静静地在教室待一中午。中学时代正是长身体的阶段，他们中午竟然就吃些干馍馍，而初中三年都是这样度过的。

开学时同村同学人手一辆自行车，只有她还不会骑自行车。家里只有一辆很久以前的老式飞鸽自行车，又高又重，她够不着也推不动。她一看见高高的自行车就退缩，连上自行车都还没学会，四十多天的假期就已经结束了。

开学第一天，别人都按约定的时间集体出发了，只有她还在家里着急地等爸爸回来，急得欲哭无泪。她没有主动催促去地里干活儿的爸爸，心里又非常希望爸爸赶紧回来送她去学校。结果，快中午了爸爸还没有回来，她只能锁了大门去地里找他，走到半路时就看到爸爸肩上扛着铁犁，赶着两头驴正往回走呢，她远远地喊了一声爸爸，开口就又急又气地说别人都去学校了，她到现在还没有走，怎么办啊。爸爸听完赶紧使劲赶驴上坡，一路上气喘吁吁，到家就赶快放下犁，推上自行车带着她出发了。

他们每次都要推着自行车走很长的路才能到可以骑车的公路上。走出村庄，要走一个多小时的上坡路，到了梁顶才是略微平坦的高速公路。站在梁顶看向隔着九曲十八弯的山路下的村庄，它显得遥远而陌生，如画中景致般有一副古朴祥和的模样，有一两股灰白色的炊烟正直直地往上冒，一两只肥硕的母鸡摇摇晃晃地从狭窄的小巷子跑过，轻松祥和的氛围、自然古朴随和的建筑营造出回味不尽的恬淡温馨，经常在家的人往往不在意也无心享受这份惬意。庸庸碌碌羁绊住了投向诗意和远方的视线。这种温馨反而被路过的、没有体验过乡村生活的人解读成了让人羡慕留恋的田园风情和把想象中所有难得的恬淡、宁静、安逸、清闲等美好都集中起来的世外桃源。

初一的第一个学期，爸爸每天早上都骑着自行车送她上学，晚上她步行回家，中午就待在教室。爸爸因为早上要喝茶，所以比她起得更早。冬天早上五六点就起来了，天又黑又冷，每当听到下面院里轻缓的开门声时，苏锦珍的窗外就响起了爸爸叫她起床的声音"锦珍，起，五点半了"，她嗯了一声便听到他从窗口远去的脚步声。他在用电炉子煮茶前，会先用浅浅的小铝舀子烧开水，水开了再下一把细细的挂面，等挂面熟了，汤也干了，再倒上些冷醋不让面粘在一起，留着她起来吃，接着才给自己煮茶热馍馍。

她每次刚起来走到下面的睡房里，睡眼蒙眬中就闻到刚煮熟的热挂面上浇上冷醋散发的酸涩的挂面味，那味道让她刻骨铭心。她每次都半闭着眼睛囫囵吞枣地吃完面。别人都是妈妈起床做早餐，而她妈妈瞌睡得起不来，她要走了她妈妈还在熟睡中。一早上她和爸爸都轻手轻脚地进出房间，压低声音说话，生怕搅了妈妈的美梦。

由于她家离村里的大路较远，每次她都会和爸爸从附近的小路走，小路在出了庄的路段旁边，从左到右有四孔规模依次递减的大土窑，天还没亮时大土窑黑乎乎的，幽深的窑口让人望而生畏，不敢从它前面走过，每次都慌忙地跑过。庄里人说窑洞是以前生产队圈羊的大圈，后来又说其中一孔窑里死过人。所以，尽管从这条路走可以比从大路走少走许多弯路,但天还没亮或已经黑了的时候,人都不敢独自从那条路上经过,阴森幽深的窑口让人不寒而栗。

小路狭窄陡峭,一边紧靠无处落脚的陡坡,另一边是垂直的悬崖,人一旦踩空就会从笔直的悬崖上滚到悬崖底。狭窄的小路仅容一人通过。因为多了一辆自行车的宽度,所以,不是车轮无处安放,就是人无处落脚,这时候爸爸就会把沉甸甸的自行车扛到肩上从笔直的窄路上一直走上去。来到大路上以后,还要推着车子走很长的上坡路,来到梁顶的公路上才能骑自行车。他们往往从天一片漆黑时出门,走到梁顶时天已完全亮了。

她不会在爸爸骑上车后上车,所以,爸爸每次都让她先坐在后座上,他再骑上去。她每一次都担心摔倒,替爸爸捏一把汗,好在总是有惊无险。遇到上坡骑不上去的时候,爸爸就会下来推着自行车让她继续坐在后座上,尽管他累得满头大汗气喘吁吁,也不叫她下来走路。那时的爸爸总是任劳任怨又积极乐观,从不会抱怨生活的艰难,再无奈也不会乱发脾气。

他们路上会经过另一个村庄的地段和沿路的几十户人家,每次经过时人家的大门都还没开,天刚蒙蒙亮,别人都还在睡觉,还会遇到同样骑自行车上学的学生。爸爸会一直把她送到学校大门口好几层台阶的台子下面才离开。

有时他要等开集后在集市上买些东西再回去，送完她还太早，集市还没有开市，所有的商店都还关着门，寂静冷清的街上空无一人。他就一个人在商店的房檐下呆坐着，一直等到集市开了，店门相继打开，他买完东西才回去。

有一次，爸爸夜里发烧生病了，但第二天早上他依旧和往常一样按时送她上学。返回时却因为头晕差点连人带车翻到路旁的悬崖下。

有一次，她听了别人挑拨离间的话，说她爸爸背后抱怨，不愿送她上学，她便赌气从此以后再也不坐爸爸的车，她宁可自己走着去，宁可迟到也决不坐他的车。他就推着自行车一路跟在她后面，跟着她走过最陡的小路、走过漫长的梁路，来到平坦的公路上。他推着车跟着她走了很远的路，叫了她很多次，她就是一意孤行坚持到底，坚决不坐车非要走着去，无奈之下，他才骑车回去了，骑上车又三番五次地回头看她有没有回心转意，直到远得再也看不见。

有一次，她早上去学校时，家里没有馍馍了，她就一点吃的都没有拿去上学了。中午放学后，突然看到爸爸出现在校门外，原来爸爸到集市上买了馍馍来给她送到学校了。过后，爸爸出现在校门外的那一幕场景像慢镜头回放似的无数次在她脑海里播放。看着爸爸的身影在来往的人群中消失又重现，她情不自禁地喊出了那声"爸爸"！上课铃响了,她没有多停留,从爸爸手上接过馍馍就赶紧跑回教室了。那一幕那么短暂,却永恒地印在了她的心里。

如今,苏锦珍再也看不到爸爸当年意气风发的模样了,好怀念那时的爸爸和坐在他自行车后座上的时光。她十三岁的单车是爸爸的自行车后座!

(五)潇湘往事

历久弥新的浮光掠影

"永州之野产异蛇:黑质而白章,触草木尽死。以啮人,无御之者。""千山鸟飞绝,万径人踪灭。孤舟蓑笠翁,独钓寒江雪。"

这些诗句能够瞬间唤醒苏锦珍记忆中那段时光里的点点滴滴。

傍晚,她和舍友站在宿舍的走廊里,看旖旎彩霞与黛青色峰峦相互映衬形成的山水画。空气湿润得可以捏出水来,头发不用护发素都柔顺亮滑。

梅雨时节大雨如注,能连续不断地下一个星期,她下午不想去上课就安安心心地在宿舍睡觉。傍晚再去学校对面,在狂风暴雨中风雨飘摇的江边帐篷里吃很辣的烧烤,如烤韭菜、烤辣椒、烤香菜等。

校门口的饰品店里有很多好看的少数民族特色饰品,

如很长的流苏耳环、有少数民族风格的披肩等。

学校周边有好吃的啤酒鸭、酱板鸭、煲仔饭。

校门口夫妻俩经营的凉拌菜和电话亭的组合生意摊位前总是熙熙攘攘。

校园内隔几米就有一个铁通电话亭。

每天中午风雨无阻地在食堂门口卖电话卡的阿姨。

一学期一摞厚厚的电话卡。

类似浮光掠影的记忆碎片集锦,共同构成了昨日的故事。

毕业季,她和同学每天傍晚在宿舍楼下的路边摆地摊卖四年来的日用品。洗澡时用来提洗漱用品的红色塑料洗脸盆、电热毯、水壶、旧衣服等等,每样物件都两三块钱。她和舍友每次正儿八经地出摊、煞有介事地讨价还价的场景还历历在目。

还有学生食堂的桂林米粉,教职工食堂的酸辣粉、肉丝粉都成了离开后令人怀念的美食。

校体育馆里舞蹈学院学生的汇报演出现场,灯光下的舞台上紧张凌乱的情景还记忆犹新。

苏锦珍大学时在MP4里一遍遍单曲循环中文版和法语版的《梦之浮桥》。"六月的驼云倾倒三月下过的雪,仰起脸只为迎接落空的一个吻",歌词和旋律都与当时的心境和敢爱敢恨、深情又好强的姿态莫名其妙地契合一致!

班歌《倔强》"当我和世界不一样，那就让我不一样，坚持对我来说就是以刚克刚，我如果对自己妥协，如果对自己说谎，即使别人原谅我也不能原谅，最美的愿望，一定最疯狂，我就是我自己的神，在我活的地方"的歌词，也与当时懵懵懂懂中认可膜拜的人生姿态出奇地吻合！

当年在宿舍撕心裂肺地唱着《死了都要爱》《离歌》的同学毕业后最先结了婚，心甘情愿地成了曾经自己以为最不可能成为的贤妻良母。

她最喜欢在狂风暴雨的下雨天去江边帐篷里吃烧烤，摇摇欲坠的蓝色防水帐篷下是不慌不忙、淡定从容的烧烤师傅和吃烧烤的人。帐篷里的地面上积着一洼洼泥水。密集的雨点噼里啪啦地砸在帐篷旁边湘江辽阔混沌的江面上，雨水和江水的声音叠加在一起，猛然增大的水声有一种歇斯底里的快感。重重的雨点好像要把薄薄的帐篷砸透似的。

简陋的帐篷里稀稀拉拉地摆着几张简易单薄的黑黄色的小方桌，每张桌子再配上颜色一样的四个塑料小凳。在风吹雨打的帐篷里，人们一律视而不见近在咫尺的狂风骤雨的猛烈干扰，淡定从容地吃着烧烤，若有所思地发着呆，在狂风暴雨中，内心不为所动。

帐篷里阴暗潮湿，简单将就又心满意足。人们吃着辣得过瘾的烤香菜、烤韭菜、烤香干，辣得不停地吸气，越辣越停不下来。这其中的恣意享受和贪婪留恋让人形容不出又回味不尽。

雨天黄昏，天地间雾蒙蒙湿漉漉的，混沌一片，在白茫茫的雨天的江边帐篷里吃烧烤，临江听雨声，大雨如注的景象分外迷人！

那时离现实功利和年龄焦虑等烦恼还很遥远，因而没有任何后顾之忧，无忧无虑的青春时光里年轻纯洁的心，轻松潇洒的姿态都成了永远的怀念。

往事如风

关于那个地方的记忆变得支离破碎，大部分记忆都遗失在了岁月里，残留的部分就像风干了水分、磨平了棱角的老化石。

隔着越来越厚重的岁月屏障，那些滚烫的誓言、热烈的情怀、刻骨铭心的事情带来的或刺骨的心痛、或情真意切的缠绵、或让人不能自已地悲伤，当初的势不可当和不可抗拒以及不可一世，统统在强大的时间面前束手就擒，随风而逝。

傍晚微风和煦，操场浅粉色的环形跑道和绿油油的草坪、操场边上茂盛的植物都散发着宁静凉爽的气息。操场上三三两两散步的青春背影、丝丝微风和湿润的空气、柔和的夕阳光影共同构成了清新脱俗又唯美难忘的一幕。

那些让人后怕的阴差阳错和一失足成千古恨的遗憾、悔恨都一去不复返了。它们与无足轻重、鸡毛蒜皮的琐事和微不足道的斤斤计较一样，被时间一视同仁地变成了永远的过去式。

那些无法被遗忘的刻骨铭心总伺机兴风作浪，折磨人心。无论它过去多久，猛然想起时，内心都免不了一阵惆怅、惋惜和悔恨，永远都无法彻底释怀，总忍不住想如果当初不那样做该有多好。

凡事开始时无动于衷，事后又坐以待毙的错误做法想想都让人后怕。总是任由命运摆布，把最重要的事情撒手不管、不闻不问，完全托付给毫不在意、不负责任的人，最终酿成了一辈子都深受其害的苦果和无法释怀的悔恨。

只有时间强大到了无所顾忌的地步，任何不可一世、嚣张跋扈在它面前都是无力的虚张声势，它丝毫不迁就它们，都是一视同仁地无差别对待，让它们无一例外地成为它想要的样子。

第一次去学校时是在晚上，看到微弱的街灯下彩漆剥落、破败寒酸的校门时，她的心里掠过一丝失望。萧索的秋夜，跟着迎新的人走在校园里一段没有路灯的幽暗僻静的土路上，干枯蜷曲的落叶吹得遍地都是，一副典型的破败落魄的模样，让人顿感失望的心境多少年后依旧历历在目。

唯一的惊喜是影视鉴赏课。课堂上专门看电影，一周一节课，一节课一场电影，一学期下来他们看了《东邪西毒》《美国往事》《罗生门》《伊豆的舞女》等著名电影，电影里的经典镜头让人回味无穷。

代课老师们的形象也都变得丰满鲜活起来。如让全班女生都羡慕的天天有新衣服穿的文艺理论课老师，一节课一套新衣服，一学期绝不重样，精致的她成了班里女生仰望和膜拜的对象；嫁给年轻军官的比较文学课老师怀孕后张开双臂调皮地在砖砌的花园边上摇摇晃晃地来回走，她老公在一旁紧张又小心翼翼地陪护的情形被教室里上课的学生看在眼里，争先恐后地感叹那就是嫁给爱情的模样。

曾经麻木无知的自己以为大学时光漫长得一辈子都不会结束，殊不知它却在图书馆阶梯上拍毕业照的欢声笑语和摄影师喊"卡"的声音中戛然而止。曾经以为遥遥无期的毕业季在她的错愕中如约而至。

往事里的点滴美好如同食之无味弃之可惜的鸡肋，尽管猛一想起，也有至今都记忆犹新的难忘瞬间，却都经不起细细咀嚼仔细回味。让人无力吐槽的事也数不胜数，比如每次节假日都因紧急封桥而只能待在学校里，不能出去逛街游玩和吃好吃的。但是过后当地依旧无动于衷，从不维修那座危桥，这真是让人无力吐槽。

雨后湘江水涨,铺天盖地的潮湿空气扑面而来,江面上水流潺湲、绿水盈盈。清晨从沿江的一条被矮矮的石柱护栏围绕的长廊上走过,看平静的江面上此起彼伏的小波纹,无边无际的碧绿的江水表面上纹丝不动,实际上水流轻缓无声地在永不停息地流动。有时因为风力掀动或船只的搅动,岸边的江水以排山倒海之势迅速而坚定地猛烈撞击坚硬、黝黑、湿滑的江岸,整齐划一的动作演绎着排山倒海的气势,每次都能引来一群人隔着狭窄的街道与宽阔的湘江对望。

校门前的缓坡下是一条短短的街道,街道两边是卖衣服、饰品、化妆品等的店铺,店面虽不大,却都琳琅满目,整条街提供了完整的吃喝玩乐一条龙服务。

早晚去街边的摊位上买各色美味小吃,如卤粉、桂林米粉、酸辣粉等,开胃的剁椒、酸萝卜条、酸豆角都是灵魂佐料。趁课间跑出去买卤菜,宽厚的海带结、麻辣毛豆,好吃之余又有种忙里偷闲的窃喜和侥幸。还有食堂的只在粉上面放了一撮碎肉末、看似清汤寡水却很合胃口的卤粉。

摊铺上简陋的设备一应俱全。在饮料瓶盖上扎满小孔做调料盒的泡菜摊,老板像机器一样精准地控制着泡菜微辣、中辣、特辣的辣度等级。

在那条街上快乐的逛吃时光是无忧无虑的青春年华里

不识愁滋味的洒脱不羁，是青春年少不讨好不谄媚、不惧世俗的无欲则刚，是不管天高地厚、一心一意陶醉的孤芳自赏。

无意间在校门口的饰品店里遇到了一对情侣，男孩在真诚地为女孩挑选礼物，他们间羞怯矜持的相处方式是初恋的模样。

傍晚，敞篷校车从雨后清新的校园里开过，凉风袭来，笑声一片，校车一时成了移动的快乐源泉。

校门口停放了一长排摩的，摩的师傅们都非常热情。隔壁寝室的同学叫摩的出去了一趟，大中午师傅又免费送到宿舍楼下，却被保安逮了个正着，以摩的不能进校园为由罚款两百元，摩的跑一趟才挣十块钱，还要被罚，真是得不偿失。于是女生极力帮着求情，求保安这次放过摩的师傅，以后再也不会这样了，但保安还是不为所动，依旧罚了款，事后好几天那个女生还在为这件事耿耿于怀，自责不已。

他们班同学每天早上都站在爱莲湖边，边吃早餐边喂湖里的鱼，这也就成了就地取材的娱乐项目。

曾经身在其中时，轻狂地以为永远都不会结束的时光终究也有结束的时候。他们一边拍着毕业照，一边回想着收到录取通知书时的情形，当初的一切已恍然如梦，用那么多宝贵的青春时光换来了铭记一生的记忆。

排练系里的朗诵比赛节目《捕蛇者说》时，同学们在一起设计动作和熟悉文章的间隙，忙里偷闲地嬉笑打闹的情景模糊又鲜活，就像黑白电视里冒着大雪花的画面，复古雅致，让人陷入思念的旋涡里欲罢不能。

"渔翁夜傍西岩宿，晓汲清湘燃楚竹。烟销日出不见人，欸乃一声山水绿。回看天际下中流，岩上无心云相逐。"和同学们一起朗读着这样的诗句，时时刻刻山水绿、朝朝暮暮腾湿气的景象跃然于眼前。那种自由酣畅的感觉就像一个人在一个地方足不出户地憋了好久，憋得发慌发疯，对外面的风景想念到了魂牵梦萦的地步，才能体会得到的在绿意盎然的山水里、开阔的天地间随心所欲遨游的快感。才明白纵情山水间恣意享受人生有多幸福又有多奢侈！

即便人生失意，岁月蹉跎，被才下眉头却上心头的焦虑惶恐折磨得不成人形，人生也因为看过这样的山水风景而变得值得。

"千山鸟飞绝，万径人踪灭。孤舟蓑笠翁，独钓寒江雪。"哪怕在这白茫茫的天地间，孤身一人也依旧可以享受这极致的简单、肃静、冷清之美。让忘乎所以的沉醉慰藉疲倦的心灵，让震撼人心的凄怆涤荡被枯燥乏味禁锢的灵魂。

（六）姑苏印象

　　初去苏州，苏锦珍买的是从兰州到南京的机票，从南京中转到苏州。登机后便收到了关于南京的天气状况以及穿衣建议的提醒短信，心中涌起一阵被素未谋面又满怀憧憬地去赴约的对象礼节性地关切和慰问的感动。晚上到达南京机场时，"金陵汤面"的招牌立即在心头唤起一阵来不及细想和细看具体内容的澎湃，就像不经意间见到了久闻其名而素未谋面的人一样惊喜又激动。

　　苏州的公共建筑都是洁白的墙面搭配古色古香的风格，素雅的颜色与简约的风格共同营造出了现代化的高级感与复古典雅相融合的初印象。

　　江南三月天，已然草长莺飞、春意盎然，校园到处被一树树密不透风的海棠花映衬得奢华富贵。柔软的空气让陌生的地方也变得亲切友好，一个人第一次来也不觉得孤单煎熬而迫不及待地离开，苏锦珍甚至情不自禁地感叹道："早知道校园这么美，就该好好努力的。"复试的同伴立即反问她："你难道没有好好准备吗？"她竟一时语塞得不知该如何回复。

那些刻骨铭心的遇见

　　八年级语文课本里有一课是《苏州园林》，课后题重点语句解释的题目是"可以说是一项艺术而不仅是技术",说的就是苏州园林景致绝不雷同的特点。在现实中见到了书上盛赞过的拙政园,除了精雕细琢外,还有天然的富丽堂皇。满满的一池荷花,让人看不到一点水面。不禁想到了江南采莲歌描写的情形:"采莲南塘秋,莲花过人头。低头弄莲子,莲子清如水。"苏州园林就是用不遗余力地精雕细琢打造一步一景的盛况!

微风过处,校园里教学楼满墙爬山虎碧波荡漾、涟漪不止,终于见到了小时候语文课本上的"爬山虎的脚"。

校园里到处可见纯白厚实的玉兰花,它的花语是友谊长存,也最能代表那一段唯美的时光里纯洁真挚的感情!

图书馆楼顶上长了几根蒲草,几根草在风里肆无忌惮地使劲摇晃,有种"海阔凭鱼跃,天高任鸟飞"的恣意潇洒。

在校内超市一角卖清汤寡水的关东煮的夫妻俩晚上的生意总是很好,苏锦珍对每次晚上排队买关东煮的场景也记忆犹新。

上课时摆满校园道路的拥挤的自行车和骑着单车在风景如画的校园中穿梭、往返于校区间的惬意时光都成了过眼云烟。

金桂飘香和秋高气爽分别是南北方秋天的代名词。每到家乡秋高气爽的季节,苏锦珍心中都会涌起桂花飘香的记忆。学校在两栋宿舍楼中间的公共区域种了几棵桂花树，小小的黄色桂花锦绣成堆。在凉爽晴朗的秋日，浓郁的桂花香扶摇直上吹进宿舍楼的窗户，被穿堂风一路吹到宿舍门口，顿时整个宿舍楼里都是桂花香味。

凉爽的天气，斑驳的光影在素净的墙面、地砖上或一动不动或轻轻摇曳的秋日光景早已恍然如梦。只有金桂飘香成了无法忘却的味道，言不由衷地表达着年年都会泛起的相同的思念。

"姑苏城外寒山寺，夜半钟声到客船。"在萧瑟凄清的冬日傍晚，寒山寺里光秃秃的树木落寞萧条的模样终于完美诠释了《枫桥夜泊》中凄凉落寞的意境！

每年六一前后，宿舍楼下都会盛开一大片粉蓝粉红的绣球花。鲜艳精致的小花瓣整齐地镶嵌成圆形的大花球，舒展地躺在深绿色的椭圆形叶子构成的密不透风的背景里，给人一种高枕无忧的感觉。

在学校时，有一段时间她正在读余华的《许三观卖血记》，书中写道卖完血的人每次都会相约去饭店吃爆炒猪肝，喝二两黄酒来补身子，书中对猪肝和黄酒的描述非常诱人，让人以为这样的搭配定是绝配，肯定非常美味。

不承想一天下午，她在二楼食堂准备吃蟹棒米线，却在窗口菜单上看到了准确无误的"爆炒猪肝"四个字。一字不差！她立即改变主意不吃蟹棒米线了，必要尝尝这爆炒猪肝的味道。

结果菜端出来以后，猪肝是切得很厚的马蹄状，看起来让人没有一点食欲，吃起来就像一块瓷实的泥巴，啥味也没有，还有厚厚的几块大蒜。菜和饭混在一个碗里，像菜盖饭一样。这顿饭让她对爆炒猪肝的美味幻想完全破灭了，但书中的诱人描述始终充满吸引力，并没有因为这一次不好的体验而受到丝毫削弱。

见惯了牛肉面中的大宽、二柱子以及一清二白三红的固定搭配，苏锦珍在第一次看到一大片厚厚的肥肉在热面汤里慢慢融化出点点油花和细如针的面丝儿时竟然有些莫名的无所适从。苏州汤面都是细如针丝的面丝儿，精致入味却吃不出面的味道。在面里加了什么配菜就叫什么面，比如加了鸡蛋叫鸡蛋面，还有蔬菜面、大肉面等等。

她在第一次师门聚会时吃到了昂贵的鸡头米，老师解释说，鸡头米之所以昂贵是因为人工费用高，获取过程复杂缓慢。

人间四月天

绝胜烟柳满河堤，空中纸鸢挤挤飞。
繁花绿水齐助威，流落人间不须归。

春日黄昏，淡黄的夕阳光影均匀地散落在平静澄澈的水面上，水中茂盛的绿植静静地端详着自己翠绿的叶子和黛青的枝干在齐腰的清水中的倒影。

这时她经常一个人骑着单车在湖边的小路上穿梭，或在湖边的图书馆看书，透过落地玻璃窗看到远处湖边，一根根丝线般细长柔顺的柳条从高高的树顶笔直地垂下来，风起时均匀的柳条被掀起拧成一根绳，放下时分散开来各归其位，变成笔直垂挂的样子。这样的表演可以不厌其烦地进行一整天。细长的柳条在风中凌乱地狂舞，像是一头柔顺的长发用力甩动时的样子。一树树烟柳远看如迷蒙的烟，真是名副其实的"最是一年春好处，绝胜烟柳满皇都"。

毕业季的狂欢与惜别

三年里，学校的音乐会她几乎一场都没有错过，尽管她不懂得欣赏音乐的奥妙，只是把音乐会当成了小时候过年看年戏、看社火一样凑热闹的场合。心境也和当年看年戏社火时如出一辙，有着按捺不住的期待与兴奋。

毕业季，音乐学院毕业生的个人演唱会看了一场又一场，有着她们靓丽身影的海报就贴在宿舍楼下来来往往必经的宣传栏上。宣传栏昨日才贴的演唱会、演讲海报还没有来得及撕，就又已经贴上了华丽的新海报。小小的宣传栏里贴得厚厚的海报记录着一场场稍纵即逝的狂欢接力而成的繁华依次落幕的过程，它们被舞台上恍惚的过程和结尾时的鲜花和掌声打造成大同小异似曾相识的模样。

她也经常会淘好看的电影票，和好朋友去学校附近的电影院看电影，有一次晚上看《了不起的盖茨比》，回到宿舍时已经大半夜了，困得眼睛都睁不开，近在咫尺的床也变得遥不可及。

她也会和同学坐校车去本部存菊堂看赫赫有名的黄梅戏，顺便逛吃本部的小吃一条街。延续了不知多少年的小吃街上有便宜又好吃的地方特色小吃，如长沙臭豆腐等，她们边吃边逛一直到晚上十一点才坐最后一趟公交回到宿舍。

离校前的最后一场讲座是白先勇先生的《关键十六天——白崇禧将军与二二八》，当时的场景已模糊到无从说起，结束后排长队等候签名的过程依然充满依依惜别的氛围。表面的若无其事下是剪不断理还乱的惜别情思。

忆姑苏

姑苏城给人细腻、雅致、考究的感觉，岁月把念念不忘的浮光掠影沉淀成让人醉生梦死的诱人与繁华。这里有现代化的高新产业园区，也有和其他地方一样的鸡毛蒜皮、闲言碎语、家长里短的市井情怀。

秀丽的江南岸边也有晾晒着一绳参差不齐的衣服、摆放着锅碗瓢盆的日常生活场景。温婉秀雅的江南女子用吴侬软语不厌其烦地说着的也是最不值钱的小交易小买卖中烦琐的细节、冗长的过程和枯燥的始末，以及麻雀虽小五脏俱全的生活里的一日三餐和吃穿住行等衍生出的闲言碎语。

是"绝胜烟柳满皇都"里的春日风光，如丝线般细长柔软的柳条在狂风中凌乱地飞舞；是江南烟雨轻飘细洒的朦胧诗意；是冬日里的蜡梅以一己之力永葆四季如花的季节容颜。

那里因为有青春的停留而成为最让人向往的地方。无疑是心中的"沧海"和"巫山"，连遥远的记忆里支离破碎的浮光掠影都有着独特的魔力，让人情不自禁地频频回首，念念不忘。

（七）一路向西北——乌鲁木齐之旅

"同是天涯沦落人"的抱团取暖

苏锦珍的妹妹苏月明因为拒绝了父母大费周折，动员七大姑八大姨给她说的亲事，又一次与父母闹得势不两立。所以，尽管她非常想家，尤其大病初愈后，她更加渴望父母的陪伴与家庭的温暖，但她不得不放弃回家过年的执念。

而苏锦珍自己则因为一个阴差阳错的机会，在家待了足足两个月。这期间，她才发现与父母的朝夕相处不再有小时候的温馨和谐，生活中的任意一点鸡毛蒜皮的小事都能让他们的关系一次次剑拔弩张起来。她对母亲一哭二闹三上吊的拙劣的逼迫手段鄙视至极，对她动辄因意见不合而产生的冷战和毫无顾忌地揭短挖苦都忍耐到了极限，终于在无数次吵得不可开交终以你死我活的诅咒发誓结束的母女大战中耗尽了温情脉脉的母女情分。

她格外珍惜的来之不易的假期，对母亲而言却是漫长得看不到头的煎熬，巴不得赶紧结束。临走的前一晚，她们母女紧挨着坐在炕上看电视，母亲开口说道："你既然不按我说的方法做，你的事我就再不管了，你过年也就不要再回来了。"意料之中的不快总会发生，不管她怎样迁就忍让，终究还是无法避免。她强忍着怒气，以最平静的语气、最无动于衷的神情说出了最决绝的话："这一次就是我们母女俩这辈子的最后一面。"说完这句话，两人都装作若无其事地继续看电视。

临睡前，她强制说服自己不必在马上离开的时候和母亲闹得不愉快，为了解恨而说出老死不相往来的话，最终让自己耿耿于怀好久，导致分别后哪怕思念成疾也赌气坚决不主动打电话。她默默列举了许多母亲平日里对她的好，列举了母亲的诸多不易，最终以一切都是为了自己好、自己确实过分了等众多理由让自己释怀，尽力做到理智冷静、该干吗干吗。因为明天还要早起出发，不要被这点情绪羁绊而耽误了正事。

当她终于艰难释怀后，来到自己的房间时，却发现母亲早已在她立在炕上装得满满的明天准备背的双肩包旁放了一桶泡面和一大一小两个家里种的红苹果。母亲只是表面态度强硬，内心其实比谁都柔软，尤其在和子女赌气较劲时她总是那个首先屈服的人。对比自己努力搜集母亲对自己好的证据才能艰难释怀，她瞬间觉得自己自私得有些残忍，觉得母亲太可怜了，顿时好心疼母亲，好想抱着她大哭一场。晚上临睡前她躺在炕上给母亲转了五百元零花钱，给家里缴了五百元电费，算是未说出口的告别。

不管最终怎样和好，她今年都没有像往年一样期待回家过年。更何况，年关渐近，父母也从不过问她回不回家过年，这也更加坚定了她不回家过年的决心。

就这样，她们姐妹俩都有着同样的苦衷，同是天涯沦落人，所以决定抱团取暖，一起去旅游过年。

往常能回家过年时，心中有多么迫不及待和激动，今年不能回家过年时就有多么无动于衷，潜意识里甚至害怕过年。

别人都在紧锣密鼓地筹备年货，事无巨细地筹划着新年的出行计划，仿佛只有不遗余力地准备才不辜负这短暂的几天时光。唯有她无动于衷，巴不得过年这几天赶紧结束，轻描淡写地过去。她这才知道原来忙里偷闲地准备年货、牵肠挂肚地抢车票、不辞折腾地长途跋涉、拎着大包小包的行李三更半夜摸黑回家，多少艰难险阻都阻挡不了的义无反顾地奔赴，都是累并快乐着、埋怨又期待着的幸福。

新年不光有家人团聚时觥筹交错、杯盘狼藉的欢乐，和除夕夜的《难忘今宵》、万家灯火里鞭炮声轰鸣的浓厚的年味以及尽情地吃喝玩乐，还有事无巨细地提前筹备、灶台间的紧张忙碌、贴春联、贴年画，以及按风俗习惯一丝不苟地祭祀、拜年、上坟等等，各种新年独有的仪式感共同形成了浓厚庄重的喜庆氛围。这一切让饱经风霜的心灵受到温馨美满的洗礼，一年一次的心灵洗礼让在外一年里饱经风霜、心力交瘁的人能一如既往地熬下去和深情而辛苦地活着。

而这些富丽堂皇的奢侈品，是一场"同是天涯沦落人"的抱团取暖的旅行所不能相提并论的。姐妹俩还没有见面时就毫不避讳地向对方吐露心声，彼此对旅游并没有多少期待，更多的是对被迫奔波的劳累和对人生地不熟的地方吃住等个人安全问题的担忧，日子越逼近人越患得患失越惆怅，觉得普天之下没有一个堪比家的容身之处。

她还没有下定决心就不得不做出决定，不得不稀里糊涂地订机票，机械地收拾行囊。她在离过年还剩两三天的晚上出发去机场，街道上稠密的人群和到处排着的长队以及拥堵的车辆、密密麻麻的璀璨的灯火，一点都没有稀释和冲淡心中的凄凉，去旅行也只是从一个陌生冰冷的城市去到另外一个同样人生地不熟的清冷孤寂的地方。没有值得丝毫雀跃和期待的地方和迫不及待想见的人，有的只是不得不硬着头皮去奔赴的所谓约定。去机场的路上她心中汹涌着根本不值得却不得不义无反顾出发的悲凉。想着人到中年混了个过年都有家难回的下场，更加悲伤得不能自已，残忍地逼着自己像冷血动物般机械地按部就班，坚决杜绝多愁善感。在父母毫不知情的情况下，自己提前在心中默默跟他们说再见和独自面对离别而悲伤。

　　夜晚的机场，微弱柔和的橘黄色灯光软软地铺在机翼上，指示牌温暖的金黄色光影与机舱内投射到窗户上的影像交叠成影影绰绰的光影，形成难以逾越的阻隔，让人看不清窗外的一切。她内心本就伤感得无以复加，所以，所见所遇无一例外都只能增加伤感的分量。三个小时的旅程里，她无时无刻不在竭力忍耐着晕吐的煎熬。

　　出了乌鲁木齐机场，排队等出租车时，她冷得像赤身裸体来到了冰天雪地里，室外维持秩序的工作人员穿着长到脚踝的黑色棉衣，毛茸茸的黑色帽檐上凝结了一层厚厚的白霜；汽车尾气瞬间变成一团白烟，停留在空中久久消散不尽；街道连边边角角都滑溜溜的，所有行人和车辆都小心缓慢地在冰面上前行，厚重的黑暗和凛冽的寒风十分有分量，具有实实在在的巨大阻力。人顶着这么大的阻力前行，脚上像戴了沉重的镣铐，脚步显得沉重滞缓，像在巨大城堡里踽踽而行的小矮人。

充满异域风情的街头风景

乌鲁木齐街头有着浓郁的异域风情，街道两旁的店铺门面一律狭窄厚重、封闭精致。店里面密不透风，十分温暖惬意。门外是冰天雪地，这里的冷不是狂风呼啸，而是刺骨的寒冷和源源不断的寒气逼人。人只敢在有阳光的中午和下午出来活动，晚上冷得不宜出行，有冻僵在原地的可能。刺骨寒冷冻缓了行人的脚步，冻低了人们说话的声音。在被凛冽的寒冷禁锢的时空，一切都显得凝重迟缓、严肃沉闷，不见轻盈灵动活泼的蛛丝马迹，仿佛空中遍布凝重和寒冷的禁锢。夜晚的街头被悄无声息的静、厚重的压抑与漆黑笼罩着，沉重肃静之外给人以莫名的踏实与安全感。

建筑物里面和外面往往有出人意料的反差，越是深邃黑暗、隐秘封闭、混沌单调的地方越灯火辉煌、浓墨重彩、活色生香，越是低矮局促、密不透风的空间里越有极致的清醒和兴奋自得的神色。

  大概是为了抵御严寒无孔不入的侵袭，街头的各类店铺的门面都狭窄朴素，封闭迂回的空间结构里灯光明亮、物件井然有序。人们只有在密不透风、完全与外界隔绝、丝毫不被寒气侵扰的环境里才能踏实自如地生活。那样低矮封闭的空间里却有丝毫不束手束脚的洒脱豪放。漆黑中不遗余力的浓墨重彩、昏暗里毫不含糊的清醒专注，粉碎瓦解了沉闷压抑、成熟稳重的大人无辜而可爱的表情，这些本质上不遗余力地追求和表面轻而易举的知难而退形成了极致的反差，反映了他们勇敢乐观、不向困难妥协的生活态度。

臣服于大自然的鬼斧神工和慷慨馈赠

  水磨沟门口的河里，一群绿头鸭在清透的冷水里游来游去，两只蹼偶尔向后轻松一拨，身子就向前游去一大截，然后又一动不动地稳稳地浮在水面上。

  门口的积雪被来来往往的人踩踏得坚硬牢固，高大繁茂的树木的细枝末节都被银装素裹着，整个园子像不遗余力地精雕细琢而成的晶莹剔透的艺术品。

  从山脚向遥远的山顶蜿蜒上升的条条小路被厚雪苫盖得不见踪迹，只留下凹凸有致的大致轮廓和模糊样貌。

  冰天雪地里处处一步一景。巍峨的高山通体雪白，连凹进山腰里难以触碰的边边角角也毫无例外地落上了厚厚的积雪，无论处于多么遥不可及的位置和角度上的物件上都堆满了厚雪，大自然高超的技艺让人叹为观止。置身于这样的冰天雪地中，人并不觉得寒冷，只觉得有沁人心脾的圣洁静谧。

一条长长的河流贯穿园中，两岸粗壮笔直的冰锥从岸边高挂下来，挂成整齐的一排，直逼水面。冰天雪地里的河水不仅清澈还升腾着缕缕纤细的白气。当水从高处台阶断崖式落下时，便瞬间腾起高高的像喷泉一样的白气。

这里就像是纯粹用冰雪建造的新世界，仔仔细细地精雕细琢每个隐蔽不起眼的角落，如每一棵树的细枝末节，每一座高山的片片肌肤、条条肌理。是绝不敢想象的劳民伤财的浩大工程，最终形成了精致浩瀚到震撼人心的雪宫，洁白素净到不见尘世的蛛丝马迹。

苏锦珍和妹妹是在大年三十下午去的水磨沟，尽管马上过年了，来逛水磨沟的人依旧不少。有带着孩子喂绿头鸭的一家三口，有一起看风景的情侣等等。园中景致除了冰天雪地外，还有为庆祝春节而在园中所有树上象征性地挂上的几串小红灯笼和大大的中国结。有限的醒目的红，四两拨千斤般游刃有余地点缀着浩瀚的冰雪世界。

她们姐妹手拉手一起边走边看。因为有彼此的扶持，所以即便园中台阶湿滑，她们也义无反顾地走遍了园中所有人迹罕至的边边角角。此情此景让她们情不自禁地连连感叹此行值得，一扫一直以来的阴郁心情。终于有地方能让人从不堪的现实中彻底抽离，全心全意地沉醉在这异地他乡的冰天雪地中。

但随着傍晚走出园门，陌生寒冷的环境里沉重凄凉的感觉顿时扑面而来，让人窒息得缓不过神来。在大年三十阴冷的傍晚，在陌生的异地他乡，漫无目的地等寥寥无几的出租车的间隙，孤独无助的哀伤无计可消除、无人可安慰、无处可倾吐，让人动辄陷入自我怀疑和对现状的不满中，想不通自己为何活到了今天的这种地步。年前的此情此景真是太虐心了！

尤其当除夕夜马上来临，热闹的鞭炮声让人觉得胆战心惊，不敢去听不敢去想，别人都在不遗余力地营造欢乐团圆的节日氛围，贪婪地享受如约而至的团圆与幸福，而自己在异地他乡一无所有，只能无助地羡慕别人和想念家人。

所以当两个同样感性、有着同样的心结、又同样竭力掩饰着、克制着伤感的人走到一起时便难免别扭拧巴却又束手无策。彼此独处时坚强得无懈可击，抱团取暖时却脆弱得不堪一击！

她们的年夜饭是在空气中弥漫着呛鼻的孜然味的火锅店里吃的小火锅，喝她们自己买的橙汁，她们像在家里过年时一样准备了年夜饭所需的东西。像妈妈给家里准备三十晚上守夜的东西一样,她们也提前在人挤人的超市里选购了草莓、瓜子等水果零食,从形式上竭力模仿家里过年的样子,好让自己的年也像模像样。

离信仰最近的大佛寺

大佛寺里余音绕梁而三日不绝的南无阿弥陀佛和百转千回的七彩莲灯的相伴相随,营造出荡气回肠的敬畏与悲悯,让人幡然醒悟此时此刻的此地是离信仰最近的地方!

大年初一的乌鲁木齐还处在天寒地冻中,阳光稀薄到不够洒遍高大魁梧的建筑物、又宽又长纵横交错的道路,暖不化一场场厚雪积攒成的雪山,积雪有恃无恐地纹丝不动,从早到晚也无法消融山顶上的一层薄雪。

稀薄的阳光面对凛冽的严寒和日积月累的积雪显得力不从心,在铺天盖地的寒冷里怯懦地探头探脑。只有无数坚硬的钢筋混凝土浇筑而成的庞然大物、宽阔纵横的沥青路丝毫不为严寒所动,倔强地支撑着、对峙着。无孔不入的严寒与人间万物势均力敌的对峙,显得紧张凝重凌厉。人只能在对峙的夹缝中屏气凝神、蹑手蹑脚地挪动,唯恐一不小心就惹怒了双方,这种对峙的情形和氛围让人情不自禁地怒不可遏,再加上过年时无家可归,不能感受久违了的家人团聚的温馨和幸福,只能蜗居在宾馆里颓废度日，这更加渲染和加重了身处异地他乡的凄凉境地。她想鼓足勇气走出去，从堕落的氛围中逃脱，但迫不得已出行的不情愿让人觉得哪里都不得劲，被百味杂陈占据的心灵没有余力再去包容谅解迁就任何人，所以，尽管她们开始时都是自愿奔赴的，但真真正正在一起时却往往闹得不欢而散。尽管她们都明白彼此的苦衷和短暂的相聚来之不易，本该竭尽全力地好好珍惜，但还是动不动就忍无可忍地爆发了，她们俩因为屡屡闹僵而不得不分开，把本就短暂得可怜、好好珍惜都来不及的几天在赌气冷战和坏情绪的折腾中使劲消耗，并且谁也不觉得浪费掉有多可惜似的，不去主动挽回，真是够折磨人。

两人闹完别扭分开后，她一个人打车去了红光山景区。街头的细枝末节处都撩拨着内心无可奈何的压抑悲凉，让人莫名其妙地别扭拧巴得无所适从。像被捆绑着受辱一样动辄恼羞成怒却又无力挣脱，只能在这种浓烈强大到无力摆脱的情绪中败下阵来默默忍受折磨，无助到让人欲哭无泪！

远远望去，被一片黑压压的警察警车、反暴器械簇拥着的地方就是景区大门了。进入大门后，行人沿着左右两边铺满厚雪的人行道左出右进。中间积雪融化的沥青路上来往车辆各行其道，她一个人在积满厚雪的上坡路上一走一滑。隔一段路就会遇到一个在路边卖香火的人，买香火的行人却寥寥无几。走完上坡又走完同样积满厚雪的陡滑的下坡路，才终于来到了艳丽的彩绘已经风干皲裂、华丽的彩栋雕梁也已经斑驳得模糊和模样陈旧的大佛寺门前。

进入大门后，从阴影处的门口到远处淡薄的阳光普照的金色大佛像中间，是在半明半暗里由许多窄浅的台阶组成的上下坡道。光滑坚硬的台阶上残雪零零碎碎地积在一级级打滑得站不住脚的台阶上，让人望而生畏，真想像小孩儿一样一屁股坐下来滑下去。免得一步一滑，走得胆战心惊。蜂拥而至的人群在走到台阶前时脚步瞬间滞缓迟疑起来，像车辆遇到减速带后瞬间减缓了速度。人们在攀爬无数级台阶走向佛像的过程中时而俯身颔首低眉、时而拾级而上地仰视，也是俗世里随波逐流的世人一心礼佛时的姿态吧。遥不可及的距离和克服重重困难艰难靠近的努力、仰望的姿态和锲而不舍的坚持都生动诠释了人的灵魂向高尚的境界攀登的心路历程。

金色大佛像左右两边是巍峨连绵的雪山，它们有着纯白无瑕的圣洁与让人挪不开眼的壮观苍凉。

寺庙楼阁檐前笔直地垂下一排匀称而晶莹剔透的冰锥。

厚厚的雪地里矗立着两排缓慢转动的结实的雕花转经筒，无意中转出了短暂的整齐一致的节奏。干净肃穆的佛堂里，佛像前不停变换色彩、缓缓旋转的七彩莲灯伴着声声南无阿弥陀佛诠释着人生转世轮回的寓意，一遍遍地循环往复，让人不禁泛起满心的悲悯恻隐。

傍晚，巍峨的雪山、凉薄的夕阳余晖笼罩着的金色大佛像、高远清冷的湛蓝色天空、无数级湿滑的台阶、阴冷的暮色里一堆堆黑压压四散的人群、后院一面淡黄色墙壁上一个大大的意味深长的"禅"字，它们遥相呼应，一起营造出宏伟的苍凉和挤满空气的悲怆，让人安心地沉醉在这份澄澈和踏实里。此时此刻，这里正是离神圣纯洁的信仰最近的地方。

四周矗立着白茫茫的雪山，辽阔的雪地里隔三岔五出现一辆显眼的黑色警车。全副武装背靠背执勤的警卫，一队队轮流围着大佛巡逻，厕所门口的警车上坐满了警察，大年初一的景区处处都是毫不松懈的站岗执勤的警察，让游人安全感爆棚，也感叹他们的辛苦和不易。

佛殿里慈悲的佛像与旋转的七彩莲灯让人折服又让人深感遥不可及，与赤裸裸的急功近利、咄咄逼人的现实迎面相逢却相安无事。双方没有想象中的势不两立、剑拔弩张的对峙，势均力敌的彼此互相尊重、互不干涉、各行其是的相处模式让人恍然大悟。

人被现实蹂躏得遍体鳞伤却在佛前不露声色地隐忍着，闭口不提现实里的不堪和苦难的做法莫名显得悲壮不已，一切尽在不言中！一切都寄托在虔诚的跪拜和无声的祷告中。

世俗与信仰在人心里孰轻孰重？无能为力的世人哪个都不敢得罪，哪个也不敢偏爱，只得做一个世故圆滑的端水人。现实不遗余力地捆绑束缚，信仰釜底抽薪式地彻底瓦解世俗的束缚和桎梏，为世人松绑，替可怜又胆小怕事的他们打抱不平。这可能就是大年初一里人们迫不及待前来虔诚礼佛的原因和意义吧！

更不用说充满西域风情的国际大巴扎，以及久闻其名却相见恨晚的烤馕和红柳烤肉了。

至此，她也终于解锁了度假的新模式，开启了旅游度假的新纪元，不回家、不和父母家人一起过节，也不再忧伤凄凉，一个人在外也能欢乐过节，一样不辜负好时光！

（八）致青春

青春的真面目

青春是一场仓促又草率的即兴发挥，尽管当时不遗余力，拼命抓住一切机会不放手，事后依旧会因为意料之外的结果而耿耿于怀，甚至到了"天长地久有时尽，此恨绵绵无绝期"的地步。青春里的伤痛总是格外刻骨铭心。

青春里有一眼万年的美好与难忘，也有转瞬即逝的浮光掠影，它们一起在时间里沉淀成让人难以忘怀的记忆。任由时光漫不经心地抚慰被轰轰烈烈的发生和难以释怀的记忆折磨得半死不活的心扉，慢条斯理地治愈被接踵而至的分离灼伤的伤口。让人不得不心平气和地接受没日没夜的煎熬。大喜大悲从年轻火热的胸膛里大踏步走过，留下了美好的悸动，也有年轻生命不能承受的阵痛。

在青春里本该少年不识愁滋味地尽情狂欢，但生命却总免不了最初的一阵刺痛。

青春就是事后回想时总能轻松自如地调侃彼时的境遇和那时的自己，而当时却惆怅得欲哭无泪，是别有一番滋味的"此情可待成追忆，只是当时已惘然"。

青春里的遇见

青春是一场奔赴远方的旅行。离开了生活了十几年的家乡和再熟悉不过的风土人情，踏上遥远的旅途，去见江南水乡的烟雨、春日里的无边海棠、阳春三月的绝胜烟柳，以及夏日里的一步一景。

是去体验平江路上的慢生活。在一个怀旧的小屋里，淡黄色的墙壁、厚实的木头圆凳、昏黄柔和的夕阳光束与阴影里宁静清冷的墙角组合成最容易让怀念泛滥的似曾相识，坐下来给好久不曾联系的远方朋友写一封信，说说此时此刻的光景和思念。

店里一棵纤细的四叶草插在精致迷你的青花瓷瓶里，如观音菩萨的羊脂玉净瓶般赏心悦目。逛现实版的天空之城，吃网红旮旯鸡脚和烧烤摊上的大鱿鱼。

街道是铺得窄窄扭扭的青石板路，葳蕤的古树低矮的树枝挨着街边粗糙不平的石板护栏，从岸这边蜿蜒地延伸过水面，落到对岸的石板护栏上。琐碎的点缀不遗余力地把嚣张得不可一世的坚硬凌厉、空白单调，精雕细琢成日常生活中触手可及的考究雅致。

漆黑的夜与璀璨的灯火平分秋色，七里山塘街夜景如梦似幻。置身其中犹如午夜梦回般清醒又迷离，一切清晰可见，恍惚间又似乎深不可测。夜晚"滟滟随波千万里"的月光和船舶上一点点微弱的光亮与远处成片的灯火相映成趣，交织成如桨声灯影里的秦淮河般的光影阑珊，让人如痴如醉。

是"江南的桂花开了，寂寞成片成片的香"。江南水乡丹桂飘香的记忆时不时被眼前北国风光里的秋高气爽、秋意阑珊所唤醒。微凉的天气里闻着桂花香味，走在宿舍楼与食堂中间被雨打湿的路上，稀薄的光影从高处俯冲下来，有的跌散在交叠得厚厚的绣球花墨绿色的叶丛间，有的在宿舍楼的水泥台阶上摔碎成斑斑点点。微凉的空气与恬淡的阳光组合成最适合仔细嗅闻桂花香的条件，好怀念一个人骑着单车来回穿梭在被桂花香萦绕的校园里的时光。

教学楼前一方澄静的绿波映着昏黄的夕阳光辉，展露出让人如痴如醉的美。微弱的光影不经意间次第退去，还原了湖水的本来面目。阳光退到一片高大整齐的芦苇丛里，枯朽的枝叶、蓬松的芦花被火红的夕阳一点即着，在周围映出一片火红光亮来。

对面文学院办公楼的侧面墙上一墙碧绿摇曳的爬山虎随风整齐划一地向一边倒去。瞬间，坚硬的墙面上泛起绿波，起伏不止，让人不由得想起了小时候学过的课文《爬山虎的脚》里描述的景象。

是校园里的"一叶落知天下秋"，是和好朋友坐校车往返校园的一日游。在秋风席卷着校园走道上的落叶的午后，和好朋友乘校车去本部存菊堂看赫赫有名的黄梅戏演出。古色古香的大礼堂里鸦雀无声，座无虚席。舞台上灯光下的女演员精致的头钗弹颤不停，男演员洁白的胡须一吹一扬。演员的唱念做打恍恍惚惚的情景也符合"人生如戏"的设定。回忆把浮光掠影定格成了剪影般的永恒。

是适度的放纵与享乐。每个周末去看东吴剧社同学们自编自导自演的话剧，午夜的一场场电影，毕业季一天一场的音乐会。让心灵沉醉在各类艺术对真爱、至善、唯美不遗余力地演绎与追求中，享受被鲜花和掌声烘托的美好和难忘。

是"午夜食堂"的诱惑。晚上从图书馆或教室出来回宿舍的路上，路过食堂，此时寂静的食堂依旧有一两个窗口开着，亮着灯光，偌大的昏暗的食堂里依稀有零零散散埋头吃饭的身影，麻辣烫、榨菜馄饨、茄子煲让人馋得咽口水，是半夜等不到天亮的饿。

是短暂的假期来临之际，校园里一阵此起彼伏的拉杆箱声和紧张的人头攒动过后的人去楼空，以及接下来的几天里空荡荡的校园里的行人寥寥，和不回家的人窝在宿舍里睡大觉看电影的短暂堕落与沉沦。

独墅湖边的林荫路上树木遮天蔽日，路面上只筛落下几点零星的光影。沁人心脾的桂花幽香从暗处源源不断地散发出来，让人不由得放慢脚步尽情嗅闻。不知不觉走到林荫路的尽头，外面阳光明媚，辽阔的水面上无数细碎的光影随流水一起欢快地跳跃闪耀着。

水中巨大的青石上，拍婚纱照的情侣们"你方拍罢我登场"，也成了一道风景。

阳光下的独墅湖教堂周身洁白细腻，没有丝毫灰暗与阴影。典雅的气质散发着神圣高洁的光辉，不时映入眼帘的精美雕塑让人心生愉悦。

青春是生命里处处都能遇见，毫不迁就就能绰绰有余地满足你心意的人和事。让人情不自禁地渴望生命就定格在这一瞬间，让所有的美好原封不动地就地封存。

小　结

　　青春有一张不老的脸，上面只有单纯、乖巧、善解人意，天然去雕饰的回眸一笑也令人念念不忘。

　　青春不困囿于任何牢笼，是不被年龄与世俗羁绊的自由，永远遗世而独立。不忌惮于让人望而生畏的世俗约束中的虎视眈眈，不惧怕已有的框架定义和流言蜚语，仗着青春无敌，在挑剔的世俗里如入无人之境，有恃无恐地我行我素。

　　是一无所有也不卑不亢的底气和资本。一身珠光宝气与名牌加身，加上财大气粗的姿态在青春的懵懂无知前亦不攻自破。

　　是在青春的悸动里哪怕只有两个人时，依旧不越雷池一步的彬彬有礼，是开始时的情有独钟和一如既往的心生欢喜。

　　是回眸致意时瞬间亦永恒的顿悟。

　　是试着摒弃贪婪，选择停留在"人生若只如初见"的阶段。

　　是明知山有虎偏向虎山行的执着，是哪怕得不偿失也决不肯辜负他人的义无反顾。

　　是够一辈子反复咀嚼的心动瞬间。越烂熟于心越津津有味，越久远越刻骨铭心，越恍然如梦越朝思暮想。

　　是无尽的思念，可谓"衣带渐宽终不悔，为伊消得人憔悴";是几年里积攒的像字典一样厚的电话卡,和夜夜在漆黑安静的楼顶和妈妈煲到深夜的电话粥;是在异地他乡浓得化不开的思念与乡愁。

是最伤感的离别,临走时才发现曾经习惯性地据为己有的时光和人依旧美好如初,自己却不能一如既往地继续拥有,不得不就此告别。开始时的警告提醒在戛然而止的结束面前也无济于事。无论如何也收拾不完的行囊,多得装不下、重得拿不动却舍不得丢掉的日复一日积攒的点点滴滴都是往日时光的记忆,是离别时沉重得拎不起的宝藏。离开的行程一日又一日地拖下去,最后离去的人被离别的哀伤日复一日地缚成茧,等他自己破茧成蝶。

是一场轰轰烈烈的集体赴约,开始时所有人义无反顾地从四面八方跑来。之后便不再追问当时的初心,只管去经历、追求、面对遇到的一切。直到结束来临,才自觉地放弃挣扎、质疑、想从头再来的不甘、不明何以至此的困惑,随波逐流地收拾行李,按部就班地离开。短暂的相逢过后便毫无瓜葛地各奔东西,像当初一样决绝和义无反顾。

是"曾经沧海难为水,除却巫山不是云"的极致美好和人生巅峰,之后便只能对它无限怀念向往却永远无法再次拥有。

疑无路

（一）失"主"风波

谭绕柔毕业后的十几年里像打了鸡血一样地忙碌着，结束了漫长的求学生涯里既定规矩的束缚和在他人监督下整齐划一的集体成长方式，她更喜欢现在一个人在无人关注的状态下野蛮生长的节奏。这些年同龄人都在忙事业忙着提升自己，她则一心一意地忙着结婚生子，转眼又忙着离婚，忙得不亦乐乎最终却忙成了一无所有，孤身一人。

现实迫使她不得不重新出山找一份能养活自己的工作，尽管被捉襟见肘的现状逼到了死角，她并没有立即臣服，依旧高傲得不可一世，任性地挑拣了许久，才最终决定在家乡的省会，一个三线城市的一家私人文化咨询公司做网推。

她每天从早晨上班打卡的第一分钟起，就要马不停蹄地忙到下班前最后一分钟，一分钟都不能闲着。她这才深刻地体会到打工就是别人用钱买走了你的时间，你不能缺分短秒，要保质保量地把你的时间如数交给人家，而交易了的时间就不是自己的了，每一分钟都要被公司占有。一整天都在巴掌大的公司里度过，真如井底之蛙一般只看得到在公司里的日月，看不见其他日子的模样，一天就这样结束了。

中午她就在公司吃饭，厨师是公司雇来的一个中年妇女，值班的人每天中午向愿意在公司吃饭的人收三块五买菜钱。厨房就是办公室的一个小隔间，炒菜的声响和味道无所顾忌地散发到办公室的每个角落。员工吃饭也在办公室，狼吞虎咽地吃完后赶紧回到工位上眯二十分钟，就又开始一下午的忙碌。

下午上班后，人困得懵懵懂懂，补水喷雾就成了提神神器，成了对抗疲倦、睡意和漫长的煎熬的唯一助手，谈不上给力，有没有用全靠心理作用。偶尔上厕所时经过面向街道的一扇百叶窗，靠从楼上俯瞰整个街道和零落的行人来体验自由和舒畅的感觉。好羡慕此时此刻走在大街上的人的自由舒坦。不像他们，一屋子人被关在狭窄闭塞的小房间里，牢牢捆绑在各自的工位上，一动不动地忙碌一天。上班简直成了要人命的酷刑，人被折磨得得靠时不时地呻吟来缓解煎熬和疲劳。从远处看，一屋子人一动不动、一声不响地坐了一整天，这场景有一种莫名其妙的荒唐，有一种让人讨厌的黑色幽默。

谭绕柔每天早上上班以后，都要先查看昨日发表在各个平台上的帖子被采纳的情况，然后以序号、标题、内容、平台为列统计成表格发给主管。再登录各个平台，找到发表页，把今天的内容复制粘贴提交。她每天在知乎等网友可能搜索的各个平台上发表同样的宣传内容，以一问一答的形式来宣传和推广自己服务的单位。比如问题是最好的眼科医院是哪家？答案：某某眼科医院！就像平常上网发表帖子一样，只不过有些机械和言不由衷罢了。这期间不能有错别字和禁词。她的公司就以提供这种方式的推广服务来赚钱。做了这份工作以后她才意识到自己平常最信任的度娘有可能也是以同样的方式赚取了自己的信任，顿时有一种全世界都互相欺骗的荒唐感。

最后，她再把今天发布的所有内容和相应的平台统计成一个Excel表格发给主管，只有完成规定的条数和任务才能下班。这看似毫无技术含量的工作却忙得人晕头转向。因为工作量实在太大了，别说新人按时下班是奢望，就连已经干了几年的老员工都不能保证按时完成任务，还需要加班。人的眼睛因一直盯着电脑，视网膜扩散到一时收不回来，像死鱼眼睛一样干涩。键盘上的白色字母全磨没了，只剩下纯黑色的键盘底色。

三年后离职了的谭绕柔会时不时地好奇原来的公司还

在吗？现在在经营什么业务？又发生了哪些变化呢？

她刚来这里时，随时准备着一走了之，似乎任何时候的任何理由都可以让她毫不犹豫地立马辞职走人，比如不按时发工资、饭难吃、假期变少、和公司里的人有不可调和的矛盾等任何因素都可能是压垮自己的最后一根稻草。所以她在租房、家具购买上都采取了将就的态度。知道不可能在这个地方长待，所以她没有买大件的家具，也没有花工夫收拾房间，觉得迟早会一走了之，不必在这些无足轻重的事情上浪费时间和精力，却不想以这样将就的心态坚持了三年多。

最初，她总觉得她是他们部门里唯一一个一开始就想着走的人，毋庸置疑也会是最先走的人。因为她清醒得不屑一顾，不甘心一辈子都这样将就隐忍地活着。她坚信自己会如愿以偿地过上理想的生活，而绝不是眼前隐忍将就到不像样子的日子。因此她一直处在"在路上"的状态里，不断积攒着可以随时一走了之的资本。

但意料之外的是，他们的主管孙富仓来这里不到一年就毫无征兆地先走了。这种状况让他们一时措手不及，因为他们部门新成立，总共四个人。部门没有核心业务，每个人手头都是公司里无关紧要的边角料活计，没有前途，自然留不住人。同时还要受别的核心业务部门的打压排挤，在这样的部门待着窝囊又憋屈，所以稍微有点远见的人没过多久都会想方设法地折腾着走掉，最终留下的都是像她一样走投无路、得过且过的人。

孙主管走后，他们部门就经历了接二连三的阵痛，每一次阵痛都漫长煎熬得让人痛不欲生，尽管人人都心照不宣地知道从主管离开的那一刻起他们的日子绝对不会好过，却不承想处境会糟糕到让人痛不欲生的地步，会像无底洞一样地坏下去，真的没有最坏，只有更坏。她身在其中只觉得度日如年。

人人不知该如何收拾当下的残局就只能坐以待毙。他们部门就像一个因为有着巨大的缺陷而不敢光明正大露面的怪物，每次迫不得已现身时，就只能硬着头皮面对众目睽睽的审视。主管离开的那一刻就意味着他们曾经的庇护彻底失去了，他们将要面对从上至下而来的麻烦。别的部门蓄谋已久的虎视眈眈、部门内部焦头烂额的推诿扯皮，每个人就像待宰的羔羊一样不得不独自硬着头皮去面对这被逼得几乎无立足之地的处境，简直像遭遇了灭顶之灾一样不知该如何继续，也不知道该将这么大的变故和心中的迷茫向谁诉说。如今，她自己因为离婚跟父母反目成仇，因为毕业后一直独来独往跟一路走来的同学都走散了。她一个人一心一意地忙了十几年忙到了一无所有的境地，重新忙回了孤身一人。

遇到这样不顺心的事她只能通过漫无目的地走很远的

路来排遣心中的苦闷，释放压抑的情绪。命运也惯会欺软怕硬，偏挑无能为力的人来耍弄，看着他们走投无路的窘况像在欣赏一场视觉盛宴一样赏心悦目。逼着你认清不该在这个无能为力的世上有太多太强的执念的现实，力所不及的执念只会让自己痛苦不堪，不堪一击的自己自不量力地与这个强大的世界对立到无法和解，光想象一下这样的境遇都让人觉得心累，谁也不至于这么固执无知，但噩梦般意料之外的状况的出现还是让人情不自禁地失魂落魄，耿耿于怀。想不通为什么会这样，为什么别人都这么绝情，难道就没人管他们的死活，没人关心他们将要面对什么样的处境、他们的生存环境多么恶劣吗？

他们不得不忍受漫长的过渡期里的混乱不堪，对明目张胆的欺压毫无还手之力，暗暗忍受无人知晓的委屈无奈。没有权力、卑微如蝼蚁的人的处境和感受及意见统统不值得考虑和顾及，他们的生死存亡似乎也可以忽略不计。因为他们几乎没有日后强大起来成为复仇者来报复和回击他们仇人的可能，所以别人就可以没有任何后顾之忧地肆意践踏欺压他们。

他们不得不面对还没来得及享受和嘚瑟，好日子就一去不复返的事实，这让他们沮丧失落到不能自已，不知该如何发泄心中的痛苦和不甘。表面上却都一如既往地按部就班，若无其事地面对那些幸灾乐祸地等着看他们笑话、不放过任何蛛丝马迹，收集一切证据来诋毁诬陷他们的旁观者。

他们依旧嬉皮笑脸地混吃等死，不知死活地得过且过。以此来压制心里波涛汹涌的情绪，这就是成年人被走投无路的处境硬撑着变强的忍耐力和包容量，能奇迹般地把心中的百味杂陈压制到波澜不惊，处在崩溃的边缘也能不动声色地按部就班、顾全大局，什么都不耽搁，自己的崩溃忍到只有一个人的时候才歇斯底里地发泄出来，让无尽的悲伤在眼泪里一点点耗尽，背地里的痛不欲生才是真实自我的流露，表面的不动声色和按部就班是成年人最后的倔强和尊严。

再无奈再崩溃也不至于无所顾忌地在众人的眼皮子底下哭喊求助。你越这样不顾一切地豁出去和作践自己越无济于事，只会被其他人更加鄙视，自己的处境也只能越来越差。社会的残酷就是遭遇磨难时像小时候被老师惩罚时不许哭一样只能死死忍耐，只不过以前是老师严厉的要求，现在是别人变本加厉地蹂躏，让长大了的你继续和小时候一样乖乖服从。而你，只能在明明让人崩溃的遭遇和一刻都不能将就的处境里一如既往地保持得体、理智和从容。

因为对这一切的清醒认知，她一开始就表现得无动于衷。只有在一个人的时候才愁眉苦脸、哀叹不断，被"才下眉头，却上心头"的忧虑牢牢控制着。实在坚持不下去了就请几天假去别的地方逛逛，但心灵依旧时刻被剪不断理还乱的愁绪困扰着，无法安宁。旅游、逛街、吃大餐、看电影等各种途径的放纵和狂欢都无法让自己彻底释怀，都只是短暂地从眼前的不堪中抽离，马上又被汹涌的煎熬隐忍吞噬。

第一次明目张胆地挑衅他们的是另一个部门的老主管。她在他们面前肆无忌惮地飞扬跋扈，丝毫不掩饰对他们这些无足轻重的小喽啰的轻蔑，手插在裤兜里，得意忘形地如入无人之境般在他们的办公室里进进出出，像逛菜市场一样随意。她带着他们部门新聘用的小喽啰在他们的办公室里折腾自己部门往年的奖牌，借口说他们办公室光线好，正好给奖牌拍照片，把往年的奖牌抱了一摞，逐一摆开一个个地慢慢拍。完了又要整理仓库里沾满灰尘的一堆垃圾玩意儿，没完没了地折腾，她不停地走来走去、走进走出，手插在裤兜里，把肥圆的屁股勒成两半，不知道是有意还是无心。光以上拙劣的手段还不足以表达她对他们的轻蔑，还要插着裤兜站在他们旁边无所顾忌地口出狂言和哈哈大笑，把不知廉耻演绎到极致，用实力说明什么叫讨人厌。而谭绕柔始终淡定地坐着，不屑到尽管她闹出那么大动静也全程没有抬头看她一眼，也一直没有改变看手机的姿势，全程一动不动、目不转睛地盯着手机屏幕。

其他部门欲盖弥彰的幸灾乐祸和蠢蠢欲动的趁火打劫都赤裸裸地公开化了，只不过胖女人眼看时机成熟第一个来耀武扬威罢了。谭绕柔心想："你再死皮赖脸，也管不了我们，无权干涉我们，你就不要自不量力了。没事就赶紧休养生息，将来好和与你势均力敌的敌人针锋相对。针尖对麦芒般丝毫不敢懈怠的对峙才最劳神，让人精疲力尽，你不得不时刻紧绷着神经，保持着警惕和对峙的状态，生怕一分心被别人占了上风，被别人趁机报复，这才有你好受的呢，在我们这里刷存在感值得你开心多久呢？"她始终无动于衷也是因为看清了爱作妖的人再怎么嚣张跋扈也终究不能把他们怎么样、对他们无可奈何的本质，也就只能表达一下对他们的轻视而已。因为除了她自己，从没人真正把她当回事。

所以当她第二次跑进他们办公室想再美美地作一番时却发现人都已经走光了，她以为别人都会坐以待毙地等着她三番五次地羞辱，殊不知她恶心人的做法和不知廉耻的骚操作早已恶名在外了，还以为别人都一无所知呢，竟不知天高地厚地率先发起挑衅了，却不掂量一下自己几斤几两。现在能把他们怎么着的也只有给他们发工资的人了，其他无关紧要的角色算得了什么，还不知天高地厚地想拿捏别人。明明自己身上的槽点一箩筐，却总盯着别人的一点不足不放，一个人要自卑到什么程度才专挑别人的不足好让自己不诚惶诚恐，自欺欺人的时间久了真以为自己完美无缺？！别人对你的张牙舞爪无动于衷就是最好的回敬，好让你自行体会你虚张声势下的不堪一击和打肿脸充胖子的虚荣。自以为是的权大势重并没有被别人如圣旨般慎重地对待反而被还以同样的漠视和轻蔑，猖狂地践踏别人也是在疯狂地贬低你自己。所以自不量力的任性和放纵是徒劳无功的，只是让自己当了笑柄罢了。

谭绕柔在这种环境和氛围里啥也干不了了，只能百无聊赖地看看手机，然后再出去吃午饭，又在外面逛了一会儿才慢悠悠地回来，结果刚走到办公室门口就听到两个同事在窃窃私语地说她的坏话，无非就是她这么大年纪又离婚了肯定是有什么毛病等个人私生活方面的话题，她懒得细听，也不屑和他们计较，更不会去当面对质，就径直走到自己的位置上干活儿去了。

他们彼此心照不宣，明白谁也靠不住谁，所谓的自己人也一样吃里爬外，背地里谁也没安好心，都互相吐槽嫌弃使绊子。只不过以前主管在时还都有所顾忌，表面上相互迁就，彼此关心，一副其乐融融的假象。现在主管走了，狐狸的尾巴立马露出来了。立竿见影地树倒猢狲散，谁也不愿继续迁就谁一分。谁不在就说谁的坏话，对外一脸谄媚到处巴结讨好，甚至不惜牺牲内部利益。即便照样得不到其他部门人的重视和善待也无怨无悔，无法避免不公的待遇和被欺压的命运，也一如既往地保持着友好的态度。圆滑得在任何一种关系里都能如鱼得水般游刃有余。尽管他们也想不遗余力地捍卫自己的权益但就是害怕得罪人，没有锋芒毕露的底气、决心和资本，只能安分守己地墨守成规，不觉得自己可怜卑微，反嘲笑他人情商低不会来事。

她不在的时候他们窃窃私语的内容大致如此，当然她的满身槽点都是他们疯狂吐槽嘲讽的对象，但她一律懒得计较，她清楚地知道一切让人窒息的困难都是暂时的，眼前不过才两三个人就相互恨得牙痒痒，一个恨不得把另一个生吞活剥了。其实，等到有一天有机会一走了之了，一切恩怨自然而然烟消云散。所以她一直睁一只眼闭一只眼地与他们相处，不把他们的两面三刀当回事就不会愤怒和咬牙切齿地恨他们。

除此之外，还有一个悄无声息的变化就是其他部门的主管也开始往他们部门跑了，总是无所顾忌地高声呼喊，甚至摆出一副是他们领导的架势给他们分配任务，安排工作。但即便处境如此糟糕，她依旧无动于衷，因为她无须跟他们较量，只要过好当下的每一天就足矣。再往远处想就属实多虑了，因为很可能待不了那么久她也就离开这里了。

这样一无是处的环境里唯一的好处也就只有清闲了。

除此之外是名副其实的一无是处，她要忍受里里外外多少恬不知耻的轻蔑、蠢蠢欲动的挑衅、明目张胆的欺压，要忍受日日和那些令人不适的人共事的万般煎熬，还要始终悬着一颗心准备应对随时随地可能出现的幺蛾子，这样的日子真的是隐忍到了极致。当一个部门里没有有分量的人替下属出头，为他们保驾护航时，一切不公只能由每个人单枪匹马地应对和独自承受，是何其不幸的遭遇！

谭绕柔终于明白了孙主管迫不及待离开的原因。此时，他终于摆脱了这样尴尬的处境，在另一个地方安安稳稳地上班，何其不易，又何其幸福，肯定高兴得连做梦都会笑醒吧！只是苦了他们这些走投无路的人，不得不在这一无是处、没有一点值得留恋和坚守的地方继续煎熬。谁都可以骑在你头上，再乐观的人也抑郁了，再能忍耐的人也受够了，隐忍到心都长出了坚硬的老茧。

（二）新"符"护体

谭绕柔本以为眼前的处境已经糟糕透顶了，殊不知俗话说得好，老鼠拉锨把，大头还在往后呢，更加糟心的事正快马加鞭地赶来。

一个月后他们部门又调来了一个年轻的女主管，叫何彩娜，她年龄比他们三个都小，没上过大学，十八岁就出门打工养活一家。她父亲是酒鬼，母亲经常被家暴，家里有三个儿子和她一个女儿，以物以稀为贵的原则衡量，她应该集万千宠爱于一身，成为被偏爱和宠溺的对象，但实际上，小小年纪的她就已经成了母亲哭泣诉苦的对象。她出门打工时家里没有钱给她做路费和生活费，她一个人一声不响地走了。结果她出去还不到一个月，她的酒鬼父亲就打电话找她要钱，问她挣了多少钱，都打回来给他喝酒，她母亲在一旁急得哭着拦道："娃可怜的，一个人出去才没几天，你不问娃挣下钱着么，你就赶紧要来供你喝酒，你咋忍心哩？你个狼心狗肺的，没一点良心！"酒鬼电话还没挂断就对女人一顿毒打，打得她惨叫连连。他还经常把捆粮食的麻绳拧成一股绳抽打女人，女人身上往往旧伤未好又增新伤，浑身上下没有一处完好的地方。这种苦难的日子一直持续到酒鬼去世才结束。

　　一个冬天夜里，老酒鬼喝醉酒走夜路时跌进了路旁的一个大深坑里。第二天路过的庄里人发现了他，告诉了女人，女人好声好气地收拾推车准备拉他回来，到了地方，找人抬上来后才发现他早已冻得硬邦邦的，不知道啥时候咽了气，她哭天喊地地埋葬了他，自此才过上了不挨打的日子。

　　何彩娜的大哥结婚后就在县城生活，对老家的一切不闻不问，她的两个弟弟还在上小学，她刚辍学就去大哥家里伺候月子里的嫂子。哥嫂竟真把她当成了免费的保姆，买菜做饭打扫卫生都让她做，她一个人忙得团团转，人家两口子无动于衷。每次娃娃拉了裤子哭个不停，哥嫂都扭过头不闻不问，她赶紧一把将屎抓到垃圾桶里，用纸使劲把裤子擦干净，这样就不用再花钱买新的了。她处处精打细算，帮哥嫂过日子。结果等她嫂子身体恢复了，娃娃也大些好照顾了，她嫂子立马就嫌她多余了，三番五次地当着她的面对她哥说屋里有个外人她不自在、不习惯。她怕她哥为难就赶紧说自己已经联系好了出门打工的地方，马上准备走了，只是太仓促还没来得及给哥嫂说，她现在就走，然后饭都没吃就离开了哥哥家。之后就跟着别人四处闯荡多年，一路走来真的很不容易，走了许多弯路才混到今天。

听着她这么感人的奋斗历程，怎么也想不到她的做事方式会那么让人忍无可忍，以至于他们一度怀疑她是不是受谁的指使来暗中监视他们的卧底。她因为自己没上过大学，便当着部门所有人的面说："念大学有啥用？我十八岁不到就出来打工了，我现在都是主管了，你们一个个还是打工人，还都比我老。"一席话让人马上对她"刮目相看"。

她还和副经理光明正大地打情骂俏，被毫不怜香惜玉的直男拦腰一把直接按到桌子上时差点喘不过气，没一个人给她台阶下,她好不容易自己缓过来了,大言不惭地说:"幸亏老娘年轻,换成别人,谁还能承受得住这般盛宠。"

她平常最爱打小报告,在上级领导面前说尽了自己部门人的坏话,甚至连别的部门也不放过,一时间搞得公司上下人心惶惶,对她唯恐避之不及。她刚来不久就把所有需要打交道的人得罪了个遍,自己还丝毫没有意识到不妥。依旧上赶着咨询这打听那的,被所有人嫌弃厌恶到无以复加的地步还全然不知,成了他人眼中名副其实的眼中钉、肉中刺。

突然来了这么个没头没脸的人对他们来说简直又是一个灭顶之灾,真是"半路杀出个程咬金"。她差劲的做事方式让所有人苦不堪言,那种不适感回想起来让人辗转反侧、夜不能眠,甚至连即将一走了之的宽慰都无济于事,只觉得这样的日子一天都很难继续,这个地方一刻都待不下去了,此时此刻唯有一走了之才能摆脱这层出不穷的不幸,幸免于一系列酷刑般的折磨。

而眼前又别无选择,继续隐忍地活着真让人窒息。而这一切有口难言的苦楚只能自己默默承受,于谁都难以启齿。谁也不可能感同身受这隐忍至极的凑合,谁都无能为力,无法帮你从困境中解脱。只能自己承受,谁都心知肚明又都心照不宣地闭口不提、视而不见,所以说人至死都是孤独的，在最艰难最无助的时候只能自己忍着熬着！

至此，谭绕柔也终于意识到人与人的做事方式真是千差万别。会做事的人会把一切铺垫做足了，给其他人足够的包容和迁就，所以会做事的人想要的东西不用大费周折地主动索取，就有人迫不及待地供上来了，他到时候只要给个好脸色略表谢意后理所当然地拿走就是了。

当然前期的包容也要有限度。不能让那些寡廉鲜耻的人得寸进尺。但正所谓"舍不得娃娃，套不到狼"，不付出点代价就得不到自己想要的东西。至少要符合等价交换的法则。

而何大主管就连这最基本的人情世故都不懂，更看不清自己的身份，明明刚上任无足轻重还一点笼络人心的意思和方法都没有，平时关门闭户地享受清静，关键时刻想知道点小道消息就围追堵截地逢人就问，别人偏偏含糊其词，懒得一五一十地告诉她实情。每次气氛明明尴尬到让人窒息的地步，她还死皮赖脸地继续追问。这种做法很快就招来了所有人一致的疯狂吐槽和嘲讽漫骂，这样差劲的为人处世方式令人发指。

自从何主管上任以后，谭绕柔也在部门其他人的反应中看到了相同的轻视怠慢和丝毫不愿迁就的作态，这种作态都赤裸裸地体现在他们懒洋洋的举止和语言上。

部门中最后来的小陈原来每周一早上都会自觉地打扫

办公室卫生，顺手帮孙主管擦桌子、倒烟灰缸、整理桌面东西，这个能直接巴结讨好主管的机会她当然不会放过。从她每次满脸笑容、仔细殷勤的样子就可以看出她对这个机会多么珍惜，生怕被别人抢走似的。最开始没人安排她打扫卫生，是她主动要做的。现在孙主管走了，她立马不愿意继续打扫办公室卫生了，每次星期一早上一来就马不停蹄地打长时间的电话，电话里又是诉苦又是假意催促，既是说给电话那头有业务往来的人听的，也是说给部门其他人听的。摆明自己多么不容易、多么日理万机，根本顾不上打扫卫生的事。

其他人明明心知肚明她说话的意图，却都心照不宣地保持沉默。谁也没有没眼力见儿到主动询问的地步，过了许久见所有人都无动于衷，她终于忍不住了，便直截了当地说道："今儿的地这么脏，让人看着都恶心，也没人打扫。"见没人搭话，她便问另一个男同事小方："何主管说每天都要开晨会，你们怎么不问一下办公室的卫生由谁打扫呢？"油嘴滑舌的小方不假思索地说他就是不说就让办公室脏成猪窝，看其他部门的再跑来凑热闹不？没人来还清静。就这样，她越主动地暗示敲打，别人越无动于衷、不闻不问。她前后态度发生转变的原因不言而喻，谁都一清二楚却都克制着一吐为快的冲动不闻不问，都装糊涂当作什么都没看懂，什么也没有发生一样，含含糊糊地应付着。

第二天，小陈其他部门的"狐朋狗友"和以往一样来找她聊天，他们部门没有领导约束就成了公共的"避难所"。人人都打着找小陈的幌子来他们部门躲清闲，她还真以为自己很受欢迎，殊不知来者"醉翁之意不在酒"。他们一个个跷着二郎腿坐在沙发上高谈阔论，把在自己部门里不敢公开吐槽的事在他们这里口无遮拦地说个够，没有一点自知之明和眼力见儿，毫无顾忌、不知收敛，为了一时的宣泄连底线都不要了。每次他们唾沫星子乱溅说得起劲时，剩下的人都一声不响地憋着一股劲极力忍耐着他们的肆意喧哗。小陈尽管依旧若无其事地大声说笑着，过后却主动把办公室打扫了。谭绕柔心想，你如果想让别人一如既往地迁就你，你就必须有所付出来维持内部关系的平衡；如果你非要公事公办互不迁就，那就谁也没有义务惯着谁了。这也成了他们之间不约而同的默契。

如果说前面是前途未卜而惶惶不可终日的煎熬，现在则是死死忍耐和将就才能扛过去的岁月。这样暗无天日的日子何时是个头啊！她一边痛彻心扉，一边暗暗告诫自己不要在痛苦的旋涡里沉沦；一边在崩溃中放任自流，让悲伤逆流成河，一边一如既往地努力前行。"心可以碎，手不能停"，她激励自己不遗余力地努力，争取走出困境。

人越走投无路越不能通过无底线地贬低自己、巴结别人来维持关系，任何关系的长久维持靠的都是实力上的势均力敌，一味地委曲求全而忽略了通过提升自己吸引别人就本末倒置了，正如"桃李不言，下自成蹊"一样。

自己即使对一个人或一样东西十分满意，面对突如其来的失去时也不要把对他或它的留恋不舍表现出来让别人知道。哪怕天塌下来了，也坚决不要不分场合地表现出来。

谭绕柔凭着这么多年在生活中摸爬滚打的经验，早已看透了人走茶凉、物是人非和树倒猢狲散、墙倒众人推的道理，看惯了人情冷暖和世态炎凉。一切大道理显而易见到无须多言，但是她不会说出来，她把到嘴边的千言万语都藏了起来，把眼泪在一个人的时候流尽，把歇斯底里伪装成风轻云淡和无动于衷，似乎真的无所谓。实际上内心百味杂陈，自己也无时无刻不处在崩溃的边缘。

尽管谁都心知肚明将来的处境不尽如人意，也意料到蓄谋已久的阴谋诡计将会接踵而至，心中枕戈待旦般地警惕着，表面却依旧淡定得若无其事，因为依着那人不知廉耻的作风绝对不会善罢甘休，迫不及待地要开始报复了，所有人都惶惶不可终日地等了好几天竟没有丝毫动静，预料中的干涉并没有如期而至，但大家依旧时刻保持着警惕，持续观望着。

久而久之，随着一系列让别的部门瞠目结舌的犯忌讳、引公愤的事的发生，这个部门连同所有人都沦为了笑柄，被其他人任意编派。导致他们不管手头有没有紧急的活儿要处理，都要按部就班地上班，只是为了让那些虎视眈眈的人看到你在而不去抓你的把柄，仅此而已。

清水衙门的部门性质就注定了它无足轻重的地位，也就注定了既然已经得了清闲的好处，就不能再苛求和奢望别的任何好处。就像每个人都只能拥有一样东西，既然已经给了你一样东西，不管它是不是你想要的，你都应该知足，而不能贪得无厌地说这样不好你还想要别的，否则马上就会被别人说成不识好歹，而实际上给你的东西可有可无。如果可以选择，谭绕柔宁可不要清闲也不要在这里煎熬。拥有这点别人不屑一顾的好处是她的不幸而不是她的幸运，更谈不上庆幸和感激。

如果在一个隶属关系明确、有核心业务、员工人人正常、没有滥竽充数的人的部门该多么幸福，不必因为模糊的归属管辖问题而被无关的部门蠢蠢欲动地无端挑衅试探，被动辄欺压却不能理直气壮地据理力争和对抗、对屡屡忍无可忍的待遇一忍再忍，所有一切都让人觉得无奈至极。

在大公司的好处就是你会因为你的能干受人尊重和赏识，相当程度上，人人拼的是真才实学，不可能没有溜须拍马的伎俩，但至少有相对的公平。但一个人多、部门齐全的大单位的一把手难免会忽视那些没有机会跟他接触、不想方设法表现自己、不在他眼皮子底下晃悠的人。即便一个部门成立一两年了，他也可能不知道公司还有这么个部门和这些人，他不闻不问地漠视，让它彻底成了无人问津的"冷宫"。就像张爱玲在《色·戒》里描写的位高权重的易先生，他身边从不缺女人，连年轻貌美的王佳芝也感叹若不成天在他面前晃悠似乎就会被抛到脑后一样。事到如今，谭绕柔才明白了这句老生常谈的话：只要不在领导跟前干，干多干少、干好干坏一个样，领导不知道你干就等于白干。经历得多了，便从之前对这句话的不屑一顾转变为对它深刻地揭露了生活本质的能力的折服！

谭绕柔也因为自己所在部门的性质和自身处境，喜欢上了分析历史上错综复杂的社会局势和古人艰难隐忍的处境，试着感同身受相隔千年的古人在所处环境里的身不由己和瞻前顾后。抽丝剥茧地看待每个社会阶段里各个阶层各种身份的人的命运和他们之间的利益关系，演绎各人选择背后的权衡利弊过程，像猜谜语时等待揭开谜底一样充满期待。到底是谁的迁就掩饰了谁的跋扈，谁的忍气吞声成全了谁的不可一世，表面千差万别的姿态背后有着相同的趋利避害和身不由己。穿越千年的时空与历史人物对话，对他们处境和命运的感同身受拓展了人生的深度。就像看见了漫长的历史长河中许多他人的秘密，想到这些额外的收获，谭绕柔瞬间庆幸起自己的遭遇来，它让自己有能力看懂他人的人生，真乃一大幸事也。

历史上封建社会朝代频繁更替时期，一朝天子一朝臣的仓促轮回演绎着时代前进过程中你方唱罢我登场的喧闹与残酷，也演绎着不同时代背景下似曾相识的人走茶凉和与之相辅相成的忠贞不渝。快刀斩乱麻般酣畅淋漓的厮杀决斗里、激烈残酷的政权争夺中身不由己又走投无路的人忍受着怎样的情感折磨，人如蝼蚁般被历史前进的车轮碾轧得血肉模糊，当场暴毙的血腥事实因为众望所归的成功而值得，血的洗礼被认定成天经地义的祭奠仪式。为了心中的信仰哪怕面对牺牲，勇士们依旧义无反顾挺身而出的行为被赋予了悲壮又豪迈的英雄主义色彩，他们的牺牲让心爱的人心痛得死去活来，惋惜悲伤得永远都无法释怀，因此有了那些感人至深、流传千古的肺腑之言。无数后来者如何面对现实处境和看待过往的轰轰烈烈都成了让人迫不及待地想透过千年的时空看懂的事实真相。

她也终于明白了现实中别人的无动于衷是在不动声色中处心积虑地考量，瞅准时机再慢慢排兵布阵，绝不是真的放手了。别人都是一点一滴地精雕细琢着他们的算计，凡出手就必定要占尽优势，但不管别人再怎么针对，他们的处境再坏也不过如此了。一个臭名昭著到别人对它唯恐避之不及的地方，优秀的人就越不愿意来，也就越留不住人，肆意作恶造就这一切的人就只能自食其果！

不得不承认当一个地方一无是处、糟糕透顶时，就会集万千弊端于一身，成了名副其实的万恶之源。平日公司有什么福利好处时，从没有人替他们考虑、为他们争取，就像他们这些人不存在一样，被理所当然地忽略遗忘。但当别人要完成什么任务需要凑人数的时候，他们就责无旁贷地成了免费的冤大头。比如其他部门领导的七大姑八大姨在银行或超市上班的大孙子需要完成业绩时就第一时间想到了他们。此刻的他们主打一个来者不拒、有求必应，爽快地答应、殷勤地附和、积极地配合。每次要么拿身份证，要么拿户口本填一堆表然后办一张从来不用的废卡，因为是熟人也无须给赠品，算是帮人家完成了任务。等人家靠业绩拿到提成步步高升后回头无情嘲笑他们的迂腐无能和原地不动。他们成了永远替别人作嫁衣的牺牲品。真是可悲又可怜！她想不通当初她千挑万选，最终如愿以偿地来到这里究竟是她的福还是她的孽。

　　一直以来谭绕柔总是耿耿于怀自己怎么这么倒霉，倒霉的日子漫长得看不到尽头，别人都能逢凶化吉、一帆风顺，自己遇到的全是霉运，连偶尔的侥幸都没有。但她最终也想通了，如果一个地方又好又清闲像香饽饽一样抢手，也肯定轮不到自己捡漏。所以既来之则安之，开心一天是一天，清闲一天是一天，至于后续如何便顺其自然。不必为不确定的事而提前苦恼，那样就太得不偿失了。索性只关注眼前的每一天，只要平安无事就万事大吉！

又过了很久，并没有预想中的状况百出，也可能现状已经坏到了极致，没有继续坏下去的余地了，所以倒风平浪静了很久。生活依旧延续着清闲又居无定所般漂泊的节奏，抱着能开心一天是一天、得过且过的心态，竟然发现生活中处处都有惊喜，时间也就在这样浑浑噩噩的将就中接近了尾声，谭绕柔在适应了现在的生活节奏后发现现在反倒比以前自由了。以前孙主管在时，他们因为迁就顾虑，不得不背负着沉重的枷锁，尽可能地满足别人贪得无厌的欲望。他们因为要照顾他的面子而处处隐忍逢迎，对其他部门的一切要求都无条件地接纳。而现在他们无欲则刚，只做自己分内的事，没有丝毫义务和理由迁就任何人，只要尽到分内的职责就万事大吉。不再对任何人强颜欢笑，对不按流程来路不明的安排可以理直气壮地拒绝，至少可以无动于衷，再也不用没有底线和原则地参加毫无意义的社交聚会，不用敷衍地迎合别人。

（三）书到用时方恨少，事非经过不知难

尽管谭绕柔现在的处境需要隐忍将就，但至少清闲，每天都不被打扰也没有被催促，可以慢条斯理地想自己的事，随意地写三两句东西，偶尔再看看招聘公告，却发现

所有的招聘清一色地要求年龄三十五岁以下，自己因为年龄不符而错过了铺天盖地的招考机会。既懊悔又纳闷为什么以前自己符合条件的时候从没注意过类似的招聘公告。原来因为总觉得这种考试都不靠谱，人选都已经内定了，只是打着招聘的幌子骗没有经验的人当炮灰，炮灰越多越能掩人耳目，自己才不会把青春年华都耗在无底洞般的考试上，把自己困在考试的不归路上无法回头。她要把有限的时间和精力全放在人生大事比如结婚生子上，有余力了再去兼顾其他，结果却两手空空。

　　事到如今，她依旧不愿意在朝九晚六之外抽时间去关注铺天盖地的招考信息，再逐一筛选、逐一报名。考试时千里迢迢地奔波到考点，仓促草率地打酱油裸考，让自己疲于奔命却一事无成。

　　每次光网上报名就要花费两三个小时，还要持续关注一周的消息才能报考结束。个人信息要从个人基本状况、家庭住址等方面一个不漏地填写，像人口普查一样准确详细；学习经历、就业经历要从初中开始写起，家庭和社会关系要把所有的七大姑八大姨都写上；电子学籍备案表、在线验证报告，学位在线验证报告等名目繁多的材料都要逐一上传，照片的格式和尺寸一次一个要求绝不雷同。诸如此类的一系列操作让迫切想通过考试来摆脱现状的人望而却步。光报名就把电脑小白锻炼成了对各种软件无所不能的电脑高手，简直比上一天班还累！

所以，人一旦穷途末路就要穷得死心塌地。但凡不知天高地厚地乱折腾绝对让你吃不了兜着走，稍一动弹绝对能让你蜕一层皮。为时已晚的发奋图强对于走投无路的社会人来说简直比登天还难。

只是报名阶段，八字还没一撇呢，就先让把单位和主管部门同意报考的证明传上来，就等于先把自己的老窝端了，自断后路。要求考生置之死地而后生，逼得你一开始就把没有丝毫把握的尝试宣扬得人尽皆知，除了为难人看不出还有别的什么意义。这些考验人的做法从报名之初就让人感受到了窒息和绝望，不得不知难而退。尽管在现实中隐忍得心都长了老茧，无论如何都不愿再继续将就，像逃瘟疫一样迫不及待地逃离现实，却在报名第一关就吃了闭门羹，遭遇了减速带。不得不收起急切的心情，硬着头皮与不堪的现实和解，既然摆脱现实的路这么难走，要不就继续将就着吧。

考点一般都设在偏僻的中小学，周边没有酒店，来回打车费尽周折；考点设施简陋，每次考前十分钟厕所里人满为患，焦急地等待上厕所的情景成了困扰人的梦魇；考场里都是小小的单人桌椅，三伏天别说空调了，连小风扇都没有；进考场时所有人的包随便扔在一楼大厅的地板上，考试结束后死活找不着包，不得已跑去问保安，保安推脱说这不是他的职责范围。求助监考老师，监考老师让自己先找，实在找不着就调监控。尽管最终有惊无险地找到了，但当时的惊慌失措依然让人心有余悸。

上午考试结束后，考点周边的饭店一时人满为患，吃饭要等，回住处打车要等，酒店退房要等，下午还要提前进考场，这么多事区区两个小时哪里够。似乎每一个环节都天经地义，人人都无辜，只有自己被现实步步紧逼，逼得自己全程喘不过气的经历有种哑巴吃黄连有苦说不出的苦楚。

从一路关注各个公众号、APP，不错过任何招考公告开始，到报名买资料复习，到订酒店订车票请假考试再到结束返回，简直是劳民伤财的浩大工程，繁杂的环节真是耗时耗力，让人身心俱疲。不堪重负的打工人多折腾几次真的会缩短寿命，更别说屡屡当炮灰了，所以这也是让许多人觉得两难的原因吧！

一直奔波在寻找舒适圈的道路上却始终一无所获，永远在路上的状态只会让自己忙得不亦乐乎却依旧一无所有，人要谨防陷入盲目折腾而越忙越穷的恶性循环里。

鉴于以上诸多弊端，谭绕柔一直很克制自己跃跃欲试的冲动，理性看待源源不断的选择机会，不疲于奔命地折腾，不盲目崇拜一直在路上的状态，正确看待现状的一无是处与机会的诱惑，为了相差无几的待遇处境而选择一直在路上，一次次不厌其烦地重复同样的过程却总得不到理想的结果，得不到的永远在骚动，永远觉得下一个选择肯定比现在的好，在这样耗费大量时间精力的繁忙中耗光了一年又一年的青春年华却一无所获最终得不偿失，最让人遗憾和后悔。

这其实是用考试带来的希望缓冲现状的贫瘠枯燥，甚至是一贫如洗。上学时话剧、电影、音乐会、各种讲座应有尽有，过惯了被文化盛宴浸润的日子，与上班后没钱花的巨大落差让人无所适从，连看一场电影这么日常的事都成了奢侈，都成了可望而不可即的期待，这样将就的现实还怎么让人死心塌地，所以用考试的希望来点缀一贫如洗的现实，让它变得和过去一样让人充满期待，而不是度日如年。就像嘴里含着一颗糖来缓冲现实处境的苦涩，哄着自己慢慢接纳本来极其排斥的与曾经的美好时光有云泥之别的现实。

"曾经沧海难为水，除却巫山不是云。"曾经以为生活绝对会越来越好，更好的都在后面呢。殊不知曾经不以为然的校园时光竟成了自己人生里的"沧海"和"巫云"，曾经以为毕业以后自己将挣脱一切束缚，打破一切禁锢和框架，用肆意妄为地随意折腾来抵掉十几年校园生活的一成不变和乖乖顺从，让日子变得活色生香。不承想毕业后不但失去了曾经的自由和精神上的富足，梦想中的自由自在更是杳无音信，人生的困难模式才正式开启。

已经人到中年却走投无路的她终于意识到经过亲身实践的她自己的关于人生的一番独到见解似乎也不怎么高明，容易把人逼到走投无路的境地，饱尝哑巴吃黄连有苦说不出的辛酸。

（四）陪伴不及如愿

既然没有别的出路，她一有空闲就有一搭没一搭地写点东西，没事的时候通过监控看看家里的样子，看看从厨房端饭到屋里进出房间的父母，想看看他们的穿着和模样。看看熟悉的地方来慰藉被思念焦灼得干渴的心灵，就像久旱逢甘霖一样，清泉渗透到干涸的土壤中吱啦作响的过程，想想就很过瘾很解压，让人舒服得情不自禁地闭上眼睛享受起来。

现实中，她却和父母闹到了几乎老死不相往来的地步，她已经记不清上次给家里打电话是什么时候了，她把对家的思念和对父母身体状况的担忧化成前进的动力，只有自己强大起来才是王道，才有能力"拯救"忍辱负重的亲人。俗话说"子是父的威"，倘若自己无能为力，即便天天待在父母身边也无济于事，别人照样会明目张胆地欺侮他们。自己泥菩萨过河自身难保的情况下，对父母身体和家庭前途的忧虑都是徒劳，自己都活成了父母最大的拖累和负担，父母因为自己而忍辱负重，还自不量力地替家人考虑，这是多么不明智的做法。想通这点以后她就把自己的思念、牵挂、担忧统统放下，轻装上阵，暂时做一个无忧无虑无牵无挂的人。

把"子欲养而亲不待"的紧迫感时刻挂在心头只会让自己步履沉重，行进缓慢。最不该因为别人肆无忌惮地恶意贬低和无底线地污蔑诋毁而忧心忡忡、惆怅不已，坐以待毙地等着事情逐渐恶化直到把一切美好都葬送才最不值得。就像一个人踩到了一颗地雷后一动不动地在原地提心吊胆地守了一辈子却发现是一颗哑雷，便有了令人一生都无法释怀的"天长地久有时尽，此恨绵绵无绝期"的悔恨。

哪怕身处绝境依然要坚定向前才有可能摆脱困境。于是，谭绕柔就果断调整了被剪不断理还乱的思绪困扰的状态，天天愁眉不展、忧虑过度也于事无补，只会让自己时时刻刻都煎熬崩溃又无助。生命里无边无际的索然无味挑战着人活着的信念和决心。对生命里的每一寸光阴的流逝都浑然不觉，像囫囵吞枣一样敷衍地过每一天。对季节轮回里的美好容颜熟视无睹，逼着自己一心一意地专注在苦难上而终日郁郁寡欢，逼着自己死死忍受煎熬而不许躲避和逃脱，直到快要把自己逼疯了还不知收手。

所以，从现在起她要坚定地做回她自己，谭绕柔暗暗下定决心。她终于意识到抱着得过且过的心态工作生活同时不遗余力地往前走才是最明智的选择和方法，只有这样，自己才能从这个一无是处的地方和眼前将就隐忍的处境中解脱。把这些满是槽点引无数过来人气急败坏地吐槽都无济于事的人和事留在原地，任其自生自灭。自己则要大步流星地向前走，去寻找唯美的诗意和远方。因为无论现实多么残酷，生命永远值得！

前半生

（一）千里姻缘一线牵

淑凤在给大女儿慧云讲述她年轻时的恋爱史，与她的那个时代相比，现在的年轻人可以自由恋爱真是太幸福了，她的婚姻是完全由父母包办的，定下这门亲事之前她和丈夫根本没见过面，她父母也只是从媒人口中得知男方的个人条件和家庭状况，并没有去男方家里了解真实情况，他们没见过他本人以及他的家长就应承了这门亲事，因为当时她退役了的二哥已经定亲了，可彩礼还没有着落，父母为此非常苦恼，正在迫不及待地寻找来钱的途径。所以她的亲事尽管没有明说是"换头亲"，但实际上她的彩礼转手就成了二嫂的彩礼，等于用她换来了个二嫂。

淑凤在姊妹三人中排行老二，她们姊妹三个都没有上过一天学，从小在家里帮忙做家务，那时候家家户户靠挣工分过日子，大人要忙着挣工分，小孩儿也不得闲。她每天早晨要打扫房屋院子，中午要烧火做饭，还要伺候干活儿回来的父母洗脸吃饭。

赶集的日子她还要帮父亲挑着东西到几公里外的集市上去，一整天来回步行却舍不得花一分钱买点吃的。她母亲性格强势，待人苛刻，还严重偏心眼，父亲踏实能干又沉默谦恭，家里的大事小事全由母亲做主。在家长权威不容置疑的家庭氛围里，对于已经由父母尤其是母亲出面答应了的婚事她只能乖乖服从，即便看到媒人来家里和父母商议她的婚事，她也决不表现出格外关注的样子，媒人走后她也从不过问他们之间说了什么、事情发展到哪个阶段了。父母也从不主动跟她说，仿佛这一切跟她无关似的，由他们全权做主就行了。

她全程不闻不问，不是出于放心而是因为不敢心存疑虑，尽管她也迫不及待地想知道事情的进展情况，可面对父母时她总是难以启齿，又无别处可以打听，就只能按捺住复杂的心情，若无其事地忙前忙后，把自己完全淹没在琐碎的家务活儿里无暇顾及其他。

直到订婚后，父亲才去了一趟男方家，而男方家艰苦的条件和一言难尽的现状让他后悔莫及，家境困难的程度根本不是媒人轻描淡写说的那样，大门还是缝隙有指头宽的木栅栏门，土院墙年久失修被雨水侵蚀得坑坑洼洼，参差不齐的样子彰显着掩饰不住的破落。

阳面一边有三间屋子，一间厨房；一间仓库，用来堆放杂物，里面挤得满满当当，东西堆得顶到了房顶，不剩一点空隙；一间是婆婆住着的空荡荡的陈旧的屋子。阴面处突兀地坐落着一间用来堆牲口草料的草屋。

男方本人是他们村小的民办教师，比她大十七岁。家里只有一个患精神病的母亲，她即便在见到未来的亲家这么重要的人时也无动于衷，更没有让人司空见惯的殷勤和热情，别人问她话也不答应。淑凤父亲自顾自地环顾了一下院里的情况后欲语还休，最后沉默地走出木栅栏门，心想这么艰苦的条件，孩子以后可怎么过日子呀。

回家路上，他心事重重地思虑了一路却无计可施，回家后只能向妻子如实禀报此行看到的男方家里的真实情况，迫切希望她能改变主意放弃这门亲事或者想想别的办法，不能把孩子的一生葬送了啊。结果妻子以已经拿了人家的彩礼，答应了的事不能出尔反尔，以及二儿子的亲事不敢有闪失等原因义正词严地拒绝了丈夫的请求。还说，既然已经定了就不能再改了，日子都是自己过的，不能光指望家底。再说你不早些去看，现在已成定局了，你这会儿这又不行那又不好的，你让我怎么办，你就是个事后诸葛亮。妻子的一番话让他哑口无言，只能忍痛接受。所以，尽管淑凤婚前已经知道男方家条件很差，但也没有反悔的余地，依旧义无反顾地嫁过去了。

她嫁过来后不敢和时不时精神病发作的婆婆单独相处，丈夫牛有才去学校后她就一个人站在大门外参天的大梧桐树旁看路上过往的行人，或时而目不转睛地盯着人家的大草垒，时而看向前排人家收拾得平整瓷实的打麦场，时而又陷入深深的沉思中久久回不过神来。直到中午丈夫放学回来了，她才敢跟着回来做饭，一进门就听见婆婆在炕上念经似的一阵一阵地有声有色地对话，一个人在她的小屋里两耳不闻窗外事似的忘我地自言自语。婆婆是在精神上受到接二连三的打击后变成这样的。公公以前出去打磨子时因为体力不济被石头砸死了。后来唯一的女儿也饿死了，家里就剩下她和儿子两个人。再加上庄里人一贯最擅长落井下石，她便从此变得神志不清了。

从此，他们娘俩本就艰难的处境更加雪上加霜了。意料之外的其他人看人下菜、落井下石更让人有口难言。庄里人、村干部、左邻右舍、亲戚们等毫不例外地因他们孤儿寡母势单力薄而更加肆无忌惮地欺侮和作践他们。

孤立无援的孤儿寡母越迁就奉承别人，就越被别人变本加厉地踩躏，因为对他们走投无路的处境心知肚明，确定无论给他们多大的难堪他们都只能逆来顺受！因为他们可怜卑微到了尘埃里，没有君子报仇十年不晚的可能，所以就不用有任何顾虑，只管放心大胆地欺侮他们。路上遇见了村干部及其家属，他们总是笑脸盈盈地抢着让路、殷勤谦卑地问候，他们的卑微迁就衬托得村干部粗俗的老婆像皇贵妃一样优雅美丽，村干部资质平庸的子女也成了凤毛麟角般的人中龙凤。

他家的几个亲戚也三天两头地趁火打劫，轮流上门大闹着要分走他们的半个院子。对这不可理喻的野蛮行径他们不敢反抗也哭诉无门，只能漠然忍耐，任由他们闹，结束后关门继续过日子。

村里有占便宜的啥好事永远轮不到他们，但凡有啥吃亏倒霉的事，任何时候他们都躲不掉。哪怕只有一家倒霉，也绝对有可能是他家，对此，他们不抱任何侥幸心理，除非所有人都安然无恙，他们才可能安全。

亲戚也都不把他们当人看，逢年过节来往时独独不给他们带礼物，也不来家里走动。明目张胆地不把他们放在眼里，不给他们面子。失去亲人的悲痛加上别人一系列落井下石的做法让婆婆的精神变得失常，精神状态时好时坏，发病时间不固定，也没有规律。

有时候半夜三更，婆婆就毫无征兆地犯病了。半夜跑到平日里欺负他们的邻居家门前敲门打窗地哭闹。丈夫晚上有时恰好不在家，她一个人被这措手不及的状况吓得六神无主、瑟瑟发抖，不知该如何是好，她既不敢出去阻拦婆婆又害怕婆婆被恶人打。她一个人在房里提心吊胆地等待着，屏气凝神地细听着事态的发展，惶恐不安到欲哭无泪的地步。

尽管她婚后的处境堪忧，与在娘家的安稳日子有着天壤之别，但她从来没有向父母倾诉过生活的苦难和日子的艰辛。她们姊妹三个婚后的处境与经历相差无几，面对父母时的态度也如出一辙，都不忍心抱怨父母，舍不得让饱经风霜的父母愧疚，绝口不提生活的苦难和自己度日如年的煎熬。

直到二十年后，三姊妹在娘家相聚时不经意间回忆起了当初出嫁后的情形和处境，才知道各有各的困难，姊妹三个谁都不容易。

大姐嫁过去的第一个除夕夜全家吃的是菜团子。她无心吃饭，一个人在自己的房里悄无声息地流眼泪。被丈夫知道后臭骂了一顿："大过年的哭哭啼啼的像个啥样子？没有一点家教和肚量！"骂完后，丈夫和其他人若无其事地吃着菜团子过了年。

三妹的婚姻算得上是自由恋爱的成果。她亲自挑选的婆家，条件自然要比一般家庭好。对男方的一切知根知底，公婆年龄不大，身体健康，都是干活儿的好手，她刚嫁过去的几年，日子过得风生水起，直到和公婆分家后家境变得越来越差，一年不如一年。到最后为了给儿子成家立业，三妹年近五十了还要到建筑工地上当小工，给苹果套袋、去新疆摘棉花来补贴家用。

（二）从女儿到母亲

淑凤在十九岁正值花一样的年纪里结了婚，婚后她和丈夫村里年龄相仿的女孩子打成了一片。在干冷的冬夜里成群结队地摸黑走湿滑的山路去外庄看夜戏，戏散后三更半夜才回到家。这种经历是低调里的疯狂，乖巧下的叛逆，平平淡淡中的惊喜和难忘，都是她青春的模样。有无尽的悲伤和无法弥补的遗憾，也有肤浅淡薄和无处不在的快乐，它们一齐被丢进一地鸡毛的生活里。需要用大浪淘沙始见金的决心和乐观才能过滤出精纯的快乐，用它将就着过日子。人在无能为力的现实面前只能自觉地妥协，睁一只眼闭一只眼地凑合着。在被世俗赞美仰慕的青春年华里唯唯诺诺地活着，短暂的没心没肺也是力所能及地致青春的一种方式吧！

婚后第四年，淑凤生下了第二个孩子，还是女孩，婆婆和丈夫的态度也是一如既往的平常，没有激动和感激，也没有溢于言表的喜上眉梢，好像对这一切早已麻木。淑凤不知道是什么原因让他们对这么重要的事情无动于衷，是麻木不仁还是对苦难的长久忍耐让他们丧失了欢呼雀跃的能力，不知如何表达兴奋和喜悦；抑或是故作矜持，故意伪装成一副无所谓的样子，却把所有值得高兴的理由一个不落地搜索了个遍，挨个高兴一次，贪婪地享受梦想终于如愿以偿的快乐。她从后来婆婆和丈夫对待孩子的态度上可以断定是第二种猜想。

　　让淑凤至今难忘的是二女儿两岁那年正月村上唱神戏，戏台就设在村中央的一个大场里，上台唱戏的和给演员化装的都是庄里有名望的长者。唱戏是一项被全村人大力支持和翘首以盼的娱乐活动。村里的每家每户都要轮流当会长，腊月农闲的时候会长们就各司其职，拿着面袋子和油桶挨家挨户地去收面、油还有钱，每人收多少面和油以及钱都是固定的，一家几口人就交几个人的，正月里就用这时收来的钱、面和油支付迎社火和唱戏期间的各种花销，如买香火、炮仗等。唱戏一般都在正月初几，农民一年到头唯有过年这几天能够心安理得地放纵。此时，地里的土冻硬了，积雪还没融化，凛冽的寒风冻得人干不了农活儿，人们便尽情地享受着这难得的闲暇和惬意。

　　唱神戏的那天偏遇上大雪纷飞的天气，两岁的二女儿慧芳哭闹着非要去看戏不可，丈夫便穿上他那件陈旧发白的土蓝色棉大衣，怀中裹着非要看戏的两岁女儿在戏台口冒雪看热闹。看台下满场的观众和地上五颜六色的摊铺。丈夫对女儿的疼爱和宠溺让淑凤知道他内心并不重男轻女，只是迫于所处环境的舆论压力才不得不随波逐流，在女儿出生时表现得无动于衷。

　　大女儿慧云被他惯得对他寸步不离，随时随地都要跟着他，只要他出去时大门咯吱一响，女儿不管在炕上还是后院，都会连爬带滚地追出来要跟着他，为了不让女儿知道他出去的消息，他出门时不敢从大门走，而是从后院院墙上搭着的木梯子上偷偷溜走。

平日里，他无论干什么都带着女儿，他带着她去学校上课，抱着她去镇上的学区开会，有一次，他和那里的一个老师交谈，女儿就坐在他怀里看那个老师办公桌上一个小小的相框里毛主席的半身像，她对当时的情景印象深刻到即便人到中年也依稀记得小时候看到的毛主席像和当时房间里的情形。即便眼前的父亲容颜衰老、行动迟缓，也依然记得他当年意气风发的模样。

女儿每次跟着他出去时，他都会在村里的门市铺里给她买一袋两毛钱的五香瓜子，童年时她跟着爸爸吃过无数袋那样的瓜子。那也是她童年里永恒的快乐源泉和美好记忆，是她喜欢黏着爸爸的主要原因，那时她觉得爸爸每次都给她买瓜子是一件多么奢侈的事，觉得爸爸对她简直是太好了。即便后来上了小学，她也依旧喜欢黏着爸爸，放学后她不和其他学生一起回家，而是跑到爸爸的办公室等着他下课了和他一起走。

由于淑凤的第二个孩子还是女儿，她不得不继续生，直至生下儿子为止，这是每个农村家庭心照不宣的共识，但淑凤在经历了前两次怀孕和坐月子期间无人照料的煎熬辛酸后，她不愿意再生了，觉得现在这样子可以了，反正已经有两个女儿了，但丈夫坚决反对，明确表示如果她执意那样做就立马和她离婚。

这时，二十四岁的淑凤已经是两个女儿的妈妈了，已经度过了一个又一个春夏秋冬。但无论四季轮回里的季节容颜怎么变换，时光依旧毫无羁绊地永远向前。

春日的阳光一日比一日明亮，温暖而热烈。铺天盖地的地块随意漂浮在田野跌宕起伏的旋涡里。田野里的一切都赤裸裸的。曾经被繁茂的野草野花覆盖变得狭窄的路面和看不见一寸肌肤的山峦此时都是赤裸裸的，一丝不挂地没日没夜地暴露在众目睽睽之下。没有俏丽的野花、茂盛得不可一世的野草喧宾夺主，高大魁梧的山体、辽阔陡峭的地块都赤身裸体地享受着热烈柔和的阳光，整日都沦陷在微醺的状态里不能自拔。心安理得地享受着日复一日的舒适安逸，自始至终淡定从容、无丝毫焦虑，真正做到了既来之则安之。

就在这样无数个太阳照常升起的日子里，她学会了持家过日子，就像务农多年有经验的老农一样对各种农事农时了然于心，信手拈来。能够及时采挖各种时令野菜，在改善伙食的同时，也能体现出一个人敏锐的观察力和从大自然中获取所需物品的能力。她总是忙里偷闲地掐野菜，掐苜蓿芽儿、摘香椿芽儿、挖苦菜、铲白蒿、拾地软等，一年四季都不间断。

在明媚的春光、和煦的暖风里，女人娃娃们成群结队地到村庄附近向阳的苜蓿地里扎堆掐又鲜又嫩的苜蓿芽儿，他们从中午出门直到太阳落山才一路说说笑笑地回家。

这样的时光对淑凤来说就像一段初看毫不起眼的甘蔗，开始时让人大失所望，非常嫌弃，迫不得已选择它，不抱任何希望地使劲咀嚼后竟发现也有意想不到的甘甜与可口。

就这样度过了几年的安稳岁月后，淑凤的第三个孩子出生了，当时叫了庄里唯一的赤脚医生来接生。他是一个四十多岁的男人，手重，平时打个屁股针都能让人疼得几天下不了炕，不能正常行走，更别说接生了。

孩子是在傍晚出生的，在寂静的屋子里，只有她和丈夫、赤脚医生三个人，时间仿佛停止了一样，房子里悄无声息，没有一点动静。没有盖过一切声音的产妇撕心裂肺的哭喊声，也没有听到婴儿的啼哭声。

过了许久安静又似乎静止的时光，淑凤丈夫终于从屋里出来了，来到屋旁边隔着厨房的另一间屋子里，这时一直站在炕头边等消息的母亲和大女儿慧云见到他，立马异口同声地问道："儿子吗？女子？""女子。"他沉闷地答道，边说边走出去了。祖孙俩抱了那么大的希望，屏气凝神地等了那么长的时间，等得好辛苦，结果却白等了一场，顿时心情失落又沉重。与此同时，她们看到他提着对折成双层的带血的塑料布从院子里走过，丢到了露天厕所里的黑色塑料尿桶里。

淑凤生产的时间并不长，生产的画面少到只有令亲眼所见者才能寻找到蛛丝马迹。但留在大女儿慧云童年记忆里的妈妈的生产情景却刻骨铭心，即便人到中年时再回首，她依旧无比心疼妈妈，她无法想象在那样简陋的条件和无能为力的处境里母亲究竟忍受了怎样的煎熬和折磨。

第三个孩子依旧是女孩，按照计划生育政策，女人生完二胎就要结扎，超生就要罚款，淑凤两口子因为前两个孩子都是女儿才冒险生了三胎，结果又是女儿。这一意想不到的结果让他们欲哭无泪。农村家家户户祖祖辈辈不生男孩决不罢休的惯例没有人敢第一个去忤逆，无论前面已经生了多少个孩子，也不管政策允不允许再生，不管付出多大代价都要义无反顾地生，直到生了男孩为止。

所以，为了生个男孩，他们不得不开始躲起来。庄里关于乡镇干部为了完成任务半夜三更上门强制抓人去结扎的传闻越传越离谱，几乎到了骇人听闻的地步。比如，某某村的两口子为了生个儿子到处求医拜神，在外躲起来生孩子的日子里，家里的几亩薄地都荒了，院里的草有一人高，房屋院子成了成群结队的野狗野兔的窝，没有了人住的样子。他们这样逃来逃去还是逃了个没结果，没有生下儿子，外面也混不下去了，不得不重新回到老家来，结果回家没几天，就被村干部通风报信给乡上。乡上几个年轻力壮、身手敏捷的男人趁两口子半夜睡熟了，从院墙上翻进去，踹开房门不由分说地拉起熟睡中的女人就要去乡镇卫生院结扎。男人衣服都没来得及穿，就跪着哭求他们高抬贵手，不要让他祖上的香火在他这里断了，声泪俱下、感人至深。但气势汹汹的来人丝毫不为所动，非要马上拉着女人去结扎，女人哭得像被斩首一样被拉去结扎了。这样的传言越传越夸张，让同样躲起来生孩子的淑凤两口子更加惶惶不可终日。

风声紧的时候，他们根本就不顾上农事，连夜打发淑凤去娘家或她三妹家躲几天，避避风头。万一乡上抓人的来了，找不到女人他们也无计可施，男人再拿软话支吾过去就行了。风声不紧的时候，丈夫就赶紧捎话让淑凤回来干被耽搁了的里里外外的家务活儿和农活儿。他们警惕得有点枕戈待旦的意味，连夜里睡觉都穿着衣服，更不敢睡得太死。一旦听到院里或大门外有动静，就立马起身往屋外跑。在漆黑的夜色的掩护下，蹑手蹑脚地往后院跑，然后再从搭在后院墙上的长梯子上翻院墙逃走。白天逃跑怕被别人看见了告密或者知道了藏身地，所以为了掩人耳目，他们白天就若无其事地干活儿，等到半夜庄里人都睡熟了，他们才叫醒熟睡的孩子，给她穿上衣服，一家人就悄悄地出发了。丈夫轻手轻脚地关上房门，生怕被左邻右舍察觉到异常，一家人蹑手蹑脚地走过漆黑的院子，屏气凝神地走出大门，尽量不发出一点声响地锁上大门。一家人做贼心虚似的偷偷摸摸地走完漫长的夜路，直到凌晨才到达亲戚家，迫不得已厚着脸皮在亲戚家寄人篱下地躲几天。等风声过了，两口子再相继回家。

在躲起来生孩子的兵荒马乱的年月里，淑凤受尽了气，看尽了亲戚的白眼，又因为没有时间和心思专门务农，日子也越过越紧巴。这种欲哭无泪的状况让她想放弃，尤其在娘家哥哥嫂子的鼓动下，她更加觉得这样常年东躲西藏、寄人篱下的日子忍无可忍，说什么也不想再继续了。这种看不到头的煎熬什么时候才能结束，她便想主动结扎了算了，却又一次遭到了丈夫的坚决反对，并当着她娘家亲戚的面表示，只要她敢这样做，他就立马和她离婚，从此一刀两断。

为了掩人耳目，二女儿和襁褓中的三女儿都寄养在了亲戚家，对此淑凤除了以泪洗面别无他法，便强迫自己不回头只一心向前，现实的瞬息万变让她应接不暇，来不及为不得已发生的事情流无用的眼泪、生徒有的悲伤。

又过了两年，她生下了第四个孩子。对孩子出生时的场景已完全没有了印象，只剩下一些黑白色的剪影式的画面。可能因为一件事情本身太重要，人就自然而然地忽略了它发生的具体时间和环境。

淑凤生产那天，院里一片寂静。大开着房门却不见人影、没有任何声音和动静的屋子，以及一如既往地站在炕头前屏气凝神等待结果的婆婆和大女儿，这种时隔几年的似曾相识的场景让人有种恍惚感。几个小时后，孩子的哭声打破了死一般的沉寂，但似乎很难形容出孩子的哭声。丈夫依旧第一时间来到母亲和大女儿默默待着的屋子里，两人一如既往地异口同声地问道："儿子吗？女子？""儿子！"祖孙俩听到这寻常的声音一时没有反应过来，禁锢住了似的站着，直到反应过来后才欢呼起来，那是无数次期待被辜负后终于如愿以偿的欣喜若狂。放下一切后，人的全身都瘫软了，终于可以放心大胆地回味以往漫长的等待里无数次失望的触目惊心，贪婪地体验一朝如愿以偿的狂欢滋味。但带有压抑和忍耐太久的狂欢难免忌惮于无数次失败过往的虎视眈眈而收敛成了不动声色和若无其事，丝毫不见狂欢的蛛丝马迹。她们只能通过浅笑和窃喜来慢条斯理地抒发心中的波涛汹涌。所以，她们当时的快乐也是短暂而平淡的，只有独处时每个人才会迫不及待地咀嚼回味一朝梦想成真时的幸福滋味。

转眼间孩子满月了，淑凤这次月子期间的待遇相比前三次是最好的，来看望淑凤的人比前面任何一次都多，带来的礼物也是最周全丰厚的。亲戚邻人也惯会揣测主人的心理和看脸色行事。生了男孩儿的时候，看望产妇的人也更多，拿的礼物也更贵重。有拿十个鸡蛋的，有拿一袋惠民奶粉的，等等，这次看望的人拿来的营养品都留给她补身子。而以前都直接拿去卖钱，或者留着当走亲戚的礼物。

快出月子时，淑凤让丈夫再去别人家买十个鸡蛋给她补补身子，她现在依旧很虚弱。丈夫痛快地答应了，第二天一大早，他拿了个塑料袋子，带着大女儿慧云去本村挨家挨户地转。结果从一大早出门一直转到中午太阳红彤彤的时候依旧颗粒无收，慧云跟在爸爸背后，挨家挨户地从人家门前走过，爸爸却始终没有在哪家门口停下来问人家有没有鸡蛋。只是背着手带着她把几百户人家的大庄一户不落地转了一遍。结束后，爸爸才对她说道："你妈都已经吃了三四十个鸡蛋了，把亲戚邻居拿来的都吃了，够了吧，还要吃多少呀！"回来以后，丈夫跟眼巴巴等了一上午的淑凤说道："我挨家挨户地问了一遍，家家都没有多余的鸡蛋，这个时节鸡还没来得及下蛋哩么。"就这样，月子里的淑凤再也没有鸡蛋汤补身子了。

许多年后，人到中年的慧云才明白了爸爸当年是故意的交差应付。她愤慨爸爸的无情狠心，更心疼可怜的妈妈。长大后，她最想要做的事就是给妈妈买各种好吃的，好好地伺候她。

淑凤的儿子出生在忙碌炎热的人间六月天，干燥的热风中夹杂着缕缕小麦成熟的味道，那股热风一路翻山越岭，穿过山坡上树叶哗啦啦作响的杂树林，把麦香的味道散布到田野的所有角落。风吹过一片片整齐的金灿灿的麦田时，一根根匀称的麦子，整齐划一地随风俯仰的景象优雅壮美。

在山谷深处烈日下的麦田里，笔直的麦茬前有一个戴着草帽汗流浃背的割麦人。淑凤的丈夫因为有了儿子，终于可以从一路遭受各种窝囊气，以及忍受妻子一哭二闹三上吊的撒泼抱怨和亲戚站着说话不腰疼的风凉话的处境中解脱了，那种处处低人一等的隐忍将就的日子终于一去不复返了。所以他脚下生风一般，不知疲倦不知炎热地火速割着麦，越割越有劲。火热的太阳下，在临近深沟的一片一头宽一头窄的狭长的麦地里，他撸起袖子奋力割麦的经历让他终身难忘。

"逝者如斯夫，不舍昼夜。"正是一个个微不足道的日子全力以赴地接力成了引人注目的时过境迁。如孩子慢慢长大，父母渐渐变老，直到有一日察觉到巨大的变化时才感慨时间过得真快啊！才知道它从来没有停留过。

农民养家糊口的主要途径就是一年四季不停地耕作。淑凤婆家因为只有母子两人分到的地比较少，并且都是又远又不好走的零碎的地头，土壤贫瘠又在边边角角不好耕种。分到这样的地意味着全年无论耕种还是收获，每个环节都格外艰辛费力。

淑凤嫁过来后就在这一片片陡得站不住脚、靠近深山老林的偏远的巴掌大的地块里日复一日地劳作。既要喂养嗷嗷待哺的小儿子，还要累死累活地供大女儿上学。她最美好珍贵的青春年华就被粗暴地消磨在无休止的忙碌和琐碎的家务上，姣好的容颜在艰苦的生存条件的野蛮摧残下迅速苍老，脸上的皱纹在一年四季户外劳作的风吹日晒下变得又多又深。

她终于变得和农村中年妇女一模一样了，从附近的乡村集市上买来朴素廉价的衣裳，所有衣服的款式风格都大同小异，唯一的区别是薄厚不同；干同样的家务活儿和农活儿，尽一个女人该尽的所有义务，用自己的余生全力以赴地供养孩子和家庭。她的言谈举止和理想状态均已定型成标准的为人妻为人母后的农村妇女模样。

她的厨艺还不错，尽管没有值得炫耀的拿手菜，也不会做集市上卖的各种小吃，如凉皮凉粉等，但家常便饭她总能做得恰到好处地符合所有人的胃口。在这个小小的家庭里众口难调的问题是不存在的。

生活上，她是一个爱干净整洁的人。房屋院子总是打扫得干干净净，衣服也收拾得整洁如新，从不邋里邋遢。

房里地面是土的,她每天早起把地面打扫得干干净净,等到后来铺上光滑的地板砖后,她每天早晨拿毛巾跪着擦地板,把地板砖擦得锃亮。无论是先前的土院还是后来的水泥院都打扫得不留任何杂物。

按照金木水火土、五行相生相克的原理来推算,她属于典型的水命人,所以种菜极易成活。在西北一年四季干旱少雨的气候里,她种的大白菜、小白菜、生菜、辣椒、西红柿都能成活。她家的蔬菜也从不短缺,一年到头都不用买菜。

每年农历三四月左右,正是黄沙漫天的沙尘暴天气,农民辛苦栽种的种子许久不见丝毫动静。淑凤就从家里一铝壶一铝壶地提水浇菜,即便杯水车薪希望渺茫,她照样毫不动摇地坚持到底。看着水倒在干燥的浮土坑里,瞬间渗干了无踪迹,似乎起不到一点滋润的作用,淑凤也不因此而放弃,依旧坚持隔三岔五地浇水,直到肆虐的沙尘暴天气结束,地里的菜苗定不负她的辛劳和期待,精神抖擞地长出来,给她一个惊喜。

渐渐地,她种成活的菜品种越来越多,也越来越精细。从最初家家户户都能种活的大白菜、韭菜、芹菜、菠菜、胡萝卜、南瓜,到后来的生菜、辣椒、小西红柿、向日葵、西瓜、茄子、麻子、郁郁葱葱的葱蒜,淑凤的菜园里蔬菜种类十分丰富,也因此成了一道亮丽的风景线和最能治愈人心的所在。

菜园的地边上一排高高的枝繁叶茂的麻子树像一道篱笆墙一样把菜地包围起来，又像一道绿色屏障物理阻隔了外界的喧嚣和窥探，让里面的菜可以肆无忌惮地野蛮生长。菜地就处在地块中间的地心里，人在菜地里面，丝毫不受远方低处的山路上络绎不绝的行人的干扰，可以专心致志地观察菜地里各种蔬菜的长势和模样，看夏日明亮的光影在新鲜的瓜果蔬菜间悄然移动。在这样的菜园里待一个下午都不觉得时间漫长，美好的时光总让人流连忘返、回味无穷。

她的针线功夫也很扎实。光是每年冬天夜里坐在炕旮旯里给大女儿缝到后半夜的大大小小的护腕就数不胜数，纳鞋底和零碎的缝缝补补更是一年四季都要忙里偷闲做的活计。孩子们小时候穿的鞋都是她手工做的布鞋，直到长大后才都换上了运动鞋和皮鞋。也是在这时他们才知道了妈妈牌的手工布鞋的奢侈。

婚前娘家的做事方式和习惯理所当然地成了她婚后做事的习惯和基准。比如每年腊月去集市上看席地而摆的年画，从街头一路看到街尾对她来说简直是一场大饱眼福的视觉盛宴。喜庆的年画烘托出了年味，让人情不自禁地浮想联翩，连遥远的记忆也变得触手可及，鲜活如初。

每年过年前她都会跟着父亲一趟趟去附近唯一的集市

上一点点地购置年货，一次次把娘家附近的小集市仔仔细细地从头逛到尾，才勉强买够所有的年货，那是她出嫁前重复过无数次的经历，收藏了多少难忘的记忆。婚后继续沿袭原来的习惯和方式也是对在父母身边度过的美好时光的眷恋和怀念，是对已经离开了的家乡和亲人的思念。

再比如除夕夜家里的大门一定要开到后半夜，院里的灯和各个房间的灯都要打开，再加上房檐和大门口的两个大红灯笼，照得院里亮如白昼。

但丈夫和子女不知道她把大门一直开到凌晨的缘由，所以坚决反对她这样做。他们觉得尽管在过年，但还是要一如既往地注意安全，这样大半夜还大开着门的做法有安全隐患。尽管他们年年因此闹得不愉快，但她既拒绝解释又义无反顾地坚持着，她从形式上极力模仿娘家过年的样子或许是为了怀念小时候过年时院里灯火通明、厨房里进进出出的人络绎不绝的美好时光吧。

她对逢年过节的仪式感和传统的风俗习惯都很重视，并严格遵循。清明时节烙白面饼上坟、五月五戴荷包绑花线、中秋节蘸蜂蜜吃月饼，春节贴春联、坐席、放鞭炮等都做得有模有样，决不敷衍了事。像孩子般深信一切仪式感的寓意，这也是孩子们格外恋家的主要原因吧。孩子们小时候在她身边度过的热闹而温馨的节日是他们长大后在异地他乡最难忘和怀念的记忆。

（三）贫贱夫妻百事哀

随着淑凤嫁过来的时间越来越长，这个家在人口数量以及人的精神面貌和在村里的地位等方面有了明显提高。他们也开始做一些只有条件好的家庭才能做的事。比如养牲口，并学着用牲口耕种，到慢慢有了不错的收成，终于够一家人吃饭，不用从别人家买粮买面了。他们家也终于可以和别的家庭相提并论，跟上了别人的生活步伐，让大女儿在适龄的年纪按时上了学，这在以前是不敢想象的事情。

慧云小学是跟着爸爸在村小读的，六年的小学生涯当时并没有给她留下阴影，但长大后再回首，却发现那时发生的事情桩桩件件都触目惊心。那时她被代课老师瞧不起，被班干部明目张胆地当成替罪羊。十几个人的小班级也因为家庭条件被分成了三六九等，而她只能和极少数家庭条件和她相当的同学玩，却依旧是被戏弄的对象。

五年级的一个夏日中午，班里几个家庭条件好的女生在教室里肆无忌惮地吵闹，尽管学校曾明确要求各个班级中午必须午休和保持安静。班长明知如此也不敢出面制止，只能听之任之。不一会儿，校长听见了他们班里的吵闹声，拿着戒尺怒气冲冲地从教室后门走了进来，教室里顿时鸦雀无声，校长严厉地问班长是谁在大声吵闹，班长明明知道是谁，却不敢说出来。校长见她不说话，就拿戒尺先狠狠地教训了女班长。然后再次严厉地问道"刚才是谁吵哩？"女班长这次没有丝毫犹豫，马上不假思索地供出三个人来，其中之一就是慧云。她们三个都是班上家庭条件不好又老实腼腆的人。她们被校长叫到教室后墙根站成一排，然后就被抓着衣服扯过来，狠劲地抽了几板子。她们很委屈却都没有哭出声。教室里安静得可怕，刚刚因为被打扰了午休而怒不可遏的校长不分青红皂白地把一腔怒火粗暴地撒在她们三个无辜的女生身上，然后头也不回地从教室后门出去了。让她们留在不知该如何收场的尴尬局面里自生自灭。

沉默地站了许久，她们三个才敢怒不敢言地回到自己的座位上。教室里始终安安静静，没有一个人敢揭露女班长冤枉好人，没有人替她们打抱不平，此时此刻的全员沉默是对刚才全程暴露在众目睽睽之下的冤假错案的认同。既是对她们三个敢怒不敢言乖乖屈服的做法的赞同，也是对欺软怕硬的班长明目张胆地拿她们当替罪羊的做法的纵容。她们咬着牙使劲消化这被猝不及防的欺侮的遭遇带来的愤怒、屈辱、疼痛。她们明明是班里最沉默老实的人，从不在不该说话的时候多说一句话，却莫名被扣上了吵闹的恶名。从不招谁惹谁，却成了老师理直气壮地发泄怒火和理所当然的嫌弃对象，莫名其妙地受到这么严厉的惩罚，这份委屈简直无以言表。

小学六年里，慧云受到的类似的不公正待遇还有很多，尽管每次遇到的事情不一样，但本质上的屈辱、愤怒都如出一辙。这一切归功于她没有一个穿着体面的爸爸吧。

即便他是学校的代课老师，也曾经是这位女班长的数学老师，但他的女儿却被他的学生明目张胆地当成替罪羊，连他自己也被学生公然嘲笑，可见当时他在别人的眼中多么不值一提。因人穷志短而处处忍辱负重。

慧云上小学三年级以前，学校公厕里的粪都是由她爸爸每天下午放学后一担担挑到自家地里的。因为那时他家没有养牲口，地里肥料不够，所以他就免费承包了给学校挑粪的活儿，还像占了便宜似的要迁就校领导和其他老师。他作为一个民办教师白天教书，下午放学后，不顾同事异样的眼光和学生的窃窃私语，挑着两个臭烘烘的粪桶去男女厕所里淘粪的情景简直不敢想象是多么的尴尬。

一天下午，他照常挑着粪桶去厕所淘粪时，恰好遇到女儿慧云正在上厕所，他并没有她想象中的惊讶、尴尬和迟疑，而是非常自然地迅速走到旁边的男厕去了。远处，她的同学因有幸看到这样难得的一幕而兴奋地窃窃私语着，巴不得让所有人来共同见证这黑色幽默般荒诞的情景。

牛有才每次和别的老师一起聚餐时，其他老师都会主动让他把席上吃剩的炒面、猪头肉、汤汤水水的一律打包带回家，他们的理由是"你家孩子多，粮食不够吃，剩下的打包回去正好给娃娃解解馋。"老实巴交的他不会反驳和推辞，言听计从地把别人吃剩的东西统统打包带回家给淑凤她们吃。

因为家境贫寒，牛有才是所有老师中穿得最朴素的一个，别的老师每人至少有一身笔挺的西服套装等到检查的时候穿，而平日里穿得西装革履也是格外被学校师生和家长尊重的。但她爸爸却从来没有这样打扮过，永远穿着洗得发白的窄短的上衣和颜色与上衣不搭配的裤子，戴着老旧发白的扁塌的布帽子。窄短的上衣和洗得发白发灰的衣帽透露出寒酸和窘迫的气息，但她爸爸天生积极乐观、自信自强，即便在狗眼看人低的环境里，他依然自信乐观。

有一次上早操时，学生在操场上一圈圈地跑步，老师们就站在操场边上的门市铺前聊天。他们姿态各异，有抱着胳膊站着的，有靠墙而立的，牛有才却偏偏蹲了下来，露出了裤裆里鲜红的秋裤，刺眼至极。这一幕立马被眼尖的同学捕捉到了，他们边跑边窃窃私语，消息迅速一传十十传百，很快传得全校师生人尽皆知。

慧云六年的小学生涯，在她中年时回忆起来尽是屈辱和不堪，但当时的心境却截然相反。那时候也有不计较她的家境和她爸爸在学校的地位而与她玩得好的同学，不在乎她生活中的不尽如人意、不趋炎附势的人都是她的好朋友。无忧无虑才是那段生活的主旋律，至少那时候从来没有过厌学情绪，而是天天盼着上学，都不愿意有星期天。

上初中后的第一篇作文是《我》，慧云的作文被当成了优秀作文，她去讲台上领作文本时惊讶地发现语文老师看她的眼神和看别人时一模一样，她生平第一次体验到了被一视同仁地对待和不低人一等的滋味，这是小学六年里从没有过的经历。

初一下学期的一天中午放学以后，慧云到学校后面的集市上去逛，碰巧遇上了来赶集的父母。爸爸妈妈带着她到一家裁缝店里定做衣裳，给她全身上下量完尺寸后，又选了红灰相间的方格子布料，这是全家首次特意给一个人定做衣服。结束后爸爸妈妈还带她到小吃摊上吃了凉皮。她家那时并不富裕，但父母考虑到她上学的需要而竭力护她体面的做法多么难得。

初中三年每逢有集，中午放学后，慧云都会和同学一起去学校后面的集市上逛街，偶尔遇到赶集的父母时，他们总会带她吃炒面、凉皮，给她买中间夹了豆腐韭菜的油饼，真是奢侈。因为那时中午没有饭吃，偶尔奢侈一次也不过分，却成了越长大越怀念的幸福经历。

慧云母女间类似这样的幸福瞬间有许多，因不可调和的矛盾导致母女间反目成仇的事也不少。每每在气头上时，淑凤都会千方百计地阻挠慧云读书，口无遮拦地诅咒她。尽管当时闹得你死我活，赌咒发誓坚决不继续供女儿上学了，过后却依旧一如既往地起早贪黑供女儿上学。

淑凤就这样辛辛苦苦地养育每个孩子长大，给大女儿所做的一切在小儿子身上一件不落地重新做一遍，把青丝熬成了白发，手上磨出了老茧。日子的辛酸摧残着她珍贵的青春年华和姣好容颜，美丽的花样年华经不起面朝黄土背朝天的残酷折磨，短短几年就只剩下黄土地上世世代代形成的符号化的妇女形象特征。她在艰辛的劳作、琐碎的家务缠身和对儿女无微不至的关照中迅速老去。尽管明知"儿孙自有儿孙福"，明知自己能力有限，却总是不知疲倦地替儿女操心。操心他们的学习、工作、生活，帮子女成家立业成了她最大的使命和最重要的人生任务。

这就是淑凤前半生的模样。

无言的坚忍是最大的深情！她在事与愿违的人生中不遗余力地争取。一生都被牢牢捆绑在几亩薄田和一家老小的生计上，囿于方圆几公里的范围内，孜孜不倦地为他人作嫁衣。却仍以苦难致青春，以无闻敬人生！